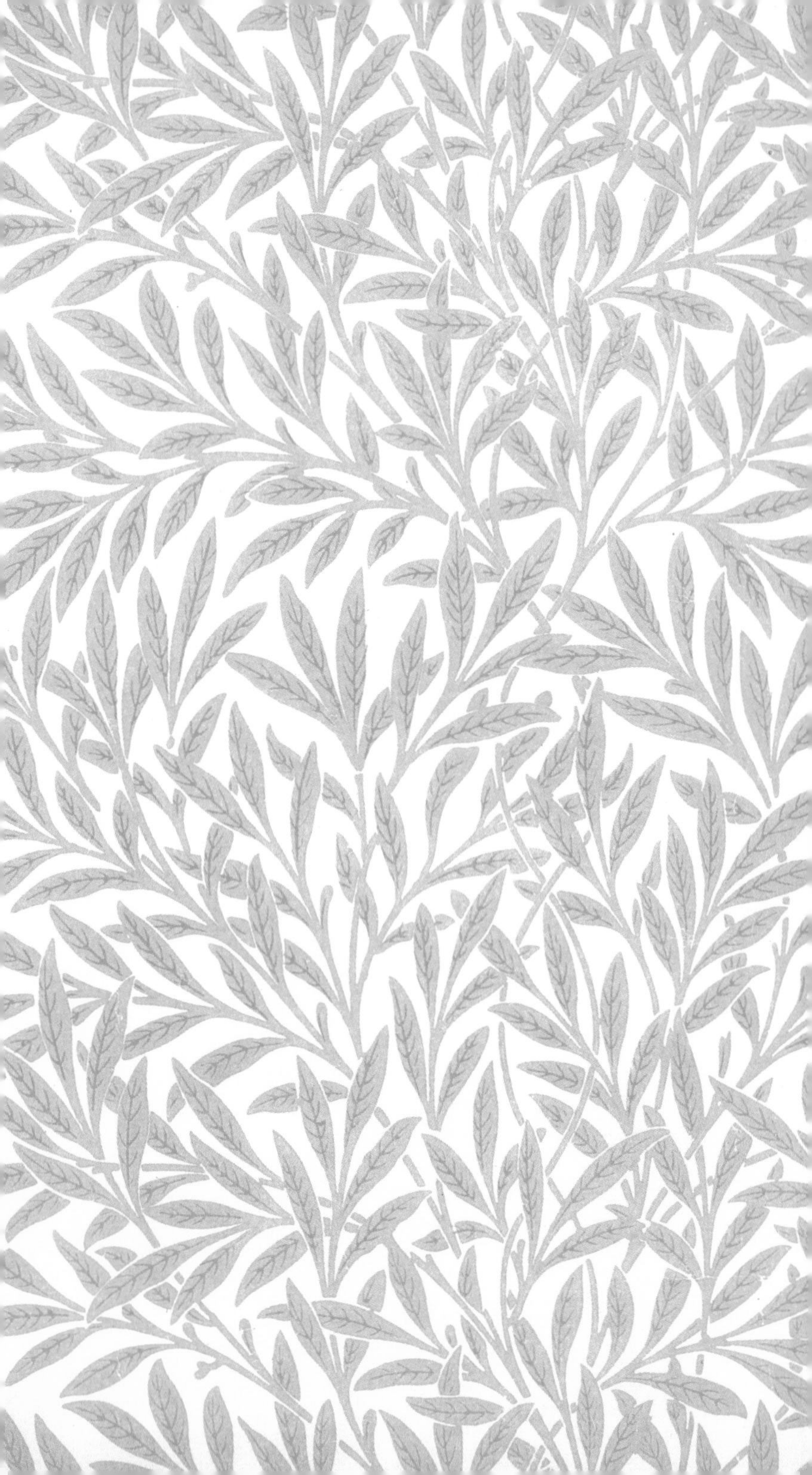

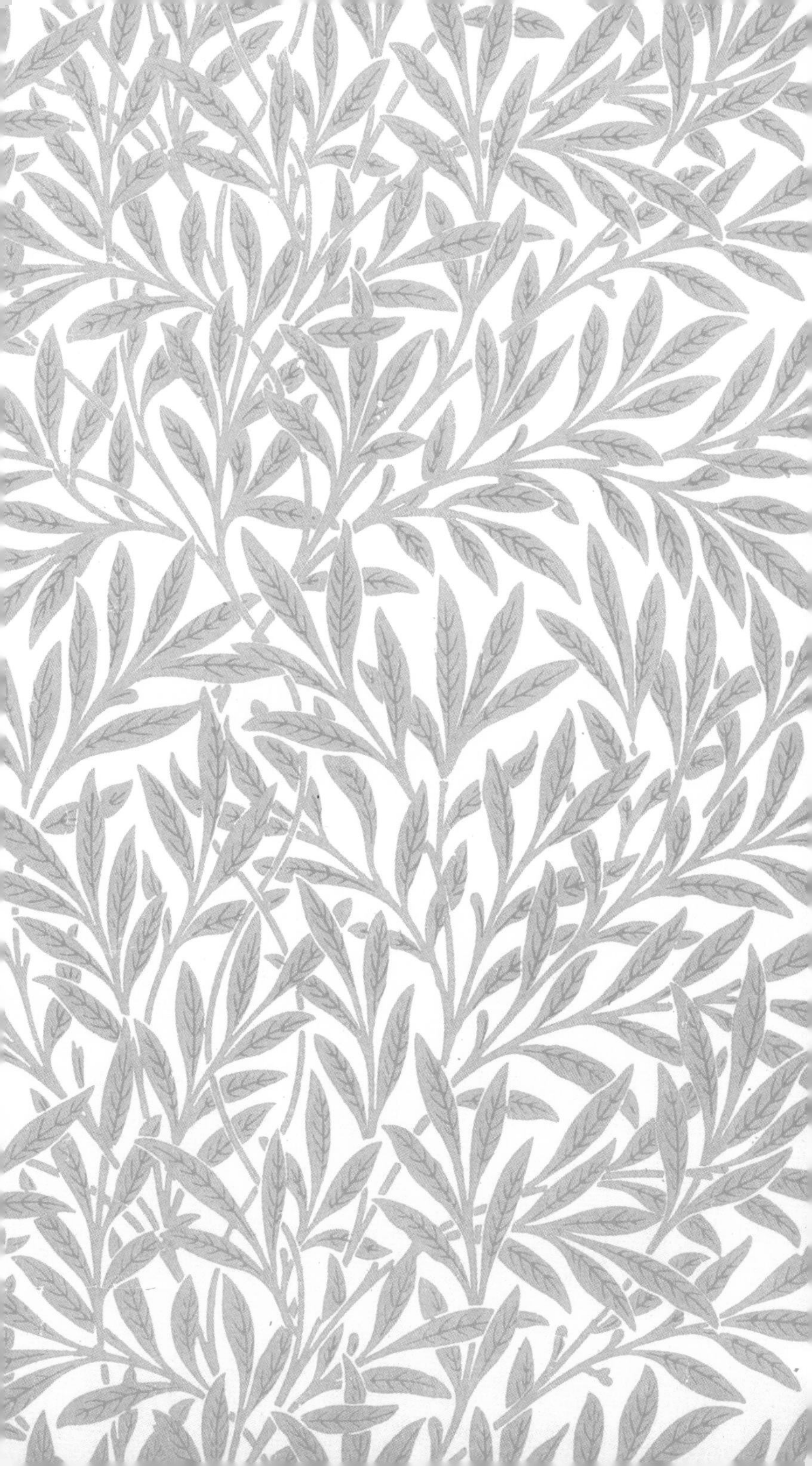

三民叢刊 296

我為詩狂

向明 著

三民書局印行

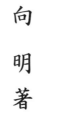

捕魚入網，捕詩入書

——序《我為詩狂》

向陽

前輩詩人向明先生早在五〇年代便活躍現代詩壇，跟隨覃子豪先生，加入藍星詩社，五十年來寫詩不斷，數度主編《藍星詩刊》，十二年前加入《台灣詩學》，為臺灣詩學的振興，創作與評論未懈，質量都相當驚人；此外，他也陸續為多家報紙撰寫讀詩、評詩專欄，由於立論公允，且每有獨到見解，能引領讀者進入現代詩幽深美麗的堂奧，因此備受編者、讀者喜愛。向明讀詩、寫詩、評詩半世紀，他的詩風於儒雅處見辛辣、於平淡處蘊深沉，餘味無窮，耐人咀嚼，引人深思，卓然自成一家；他的詩話則縱橫開闔、敦厚恢宏，充滿理趣和慧見。半世紀孜矻於詩，而精進不已，從不疲軟，右手創作、左手撰評，這樣的詩人「向晚愈明」，在蒼茫的世紀中從容而行，特別令我這晚輩敬重、感佩。

向明的詩話，質精量多，他最為讀書界津津樂道的，是在《台灣新聞報．西子灣副刊》所闢「新詩一百問」專欄，每週見報，為時長達兩年，與臺灣文學評論家葉石濤的「小說一百問」、彭瑞金的「評論一百問」，三欄鼎立，既叫好又叫座，兩年後出書，更受到各界喜愛，尤其對於新詩教育者和創作者，這本論著猶如渡船、明燈，能引領新詩愛好者進入詩的世界，因此而建立了向明詩話的口碑。事實上，除了「新詩一百問」之外，向明也在《人間福報》開「詩探索」專欄、在《中華日報》副刊開「好詩共賞」專欄、在《青年日報》副刊開「窺詩手記」專欄，加上各報約稿、各大學院校和其他機構的演講，向明幾乎天天與詩為伍，為詩奮鬥，他的詩論述產量之多，詩壇少見，尤勝於中壯代學院詩人。瘂弦先生曾以「鉤稽沉珠，闢舊闡新」譽向明的詩話成就，絕非過譽。

收在這本評論集中的論述，就是向明近年來努力談詩、用心論詩的結晶。全書分為三輯，輯一「詩宜出自機杼」，收向明「詩探索」專欄文章及其他在各報所撰談詩專文，大抵以詩作解析、比較與評論為主。向明論詩，以其鑽研現代詩的深厚經驗，本來就極精闢，發而為文，則更是鞭辟入裡，能見人所未見，點出詩作之中的弦外音。這輯當中，向明分析中國三〇年代詩人冰心的詩作，臺灣詩人鍾鼎文、余光中、楊喚等的創作世界，都能進入詩作核心，點出詩人風格與特質；此外，向明也論述西方詩人的詩，如〈哈代的反戰詩〉、艾略特的長詩〈荒原〉等，足以看出他對詩的狂愛，對詩的護持，毫無保留。他的詩話，用的是輕快活潑而不艱澀的語言，因此讀來毫不費力；但他的解析或論述，則又多有所本，其中有史料、有直觀，有嚴謹深邃的評賞，也有隨手拈來的侃侃而談，出入變化，使得他的詩話在內容與寫作形式上都獨樹一幟，可堪咀嚼。輯二「我為詩狂」，收的則是詩學論述，這些論述或者議詩的普世價值，或者說當代詩壇公共議題，如〈詩文中的臭蟲〉、〈詩本出自天然〉、以及〈詩是假設的求證〉等，總能細膩點描、深刻著墨，展現出詩人的博學多識、襟領開闊，並發展出一套特屬於向明的論述規則，有助於讀者理解當前現代詩面對的種種課題。本書之內最值得關心詩史的讀者注意的，是詩人自述一生寫作歷程的輯三〈詩的奮鬥〉，這篇長文，為大專院校巡迴講座的講稿，追述詩人寫作因緣，娓娓道來，動人十分，允為研究向明詩學的一手資料。

向明在這之前已有包括《新詩一百問》、《客子光陰詩卷裡》、《走在詩國邊緣》、《窺詩手記》、《詩來詩往》等五本詩話評論集問世，本書為第六本。近十年時光中，詩人寫詩從未間斷，還能奮筆為文，著述豐盛，不僅印證了寶刀之未老，更展現了詩人眼光之銳利、心靈之長青。我在拜讀這一系列論述過程中，對於這位常被讀者視為我的老大哥的詩壇耆老愛詩至此、抱詩如此，都自嘆不如。向明在對大學生演講時曾舉他的佳作〈第一次吃到自己手抓的魚〉作例子，說到寫詩的甘苦，其中有句曰「捕詩難於捕魚」，因為「詩總是滑溜得／勝過任何一條魚」，創作詩如此，論述詩尤其如此，但我卻在向明的質量俱佳的詩話論述中，看到了一個捕詩半世紀的漁夫手到擒來，以熟練、細膩、明快的筆，捕到了難以掌握的詩，以及詩的靈魂。作為向明的「向」字輩「弟弟」，我要向這位值得敬佩的前輩說：「我不只看到魚了，我還看到活蹦活跳的魚，在您輕快而又邃密的詩話論述中！」

我為詩狂

目次

【輯二】我為詩狂

[輯一]

詩宜出自機杼

冰心的零碎思想

春水！
又是一年了，
還這般微微的吹動。
可以再照一個影兒嗎？
春水溫靜的答謝我說：
「我的朋友！
　我從來未曾留下一個影子，
　不但對你是如此。」

這首小詩是我國詩壇常青樹冰心老人在她只有十八歲寫的一百八十二首小詩《春水》

集中的第一首。這首以對話方式出現的小詩，語意明朗親切，就像我們平常所感慨的韶光之易逝，流水的無情。冰心女士這種文字典雅，想像純潔的小詩，共有《繁星》、《春水》兩個集子。她在《繁星》的自序中說了這樣一段故事：

「一九一九年的冬夜和弟弟圍爐讀印度詩聖泰戈爾的《漂鳥集》(*Stray Birds*)。冰仲對我說：『妳不是時常說有時思想太零碎了，不容易寫成篇段麼？其實也可以這樣的收集起來。』從那時起，我有時就記下在一個小本子裡。

一九二〇年的夏日，二弟冰叔從書堆裡，又翻出這小本子來。他重新看了，又寫了「繁星」兩個字，在第一頁上。一九二一年的秋日，小弟弟冰季說：『姊姊！妳這些小故事，也可以印在紙上麼？』我就寫下末一段，將它發表了。

是兩年前零碎的思想，經過三個小孩子的鑑定。《繁星》的序言，就是這個。」

這真是一篇非常別出新意的序。將一本書的出生命名過程，事件發生的場景交代得清清楚楚，要言不繁，有如小孩子說故事的天真無邪。最重要的是她把這些詩歸類為一些「零碎思想」，且不諱言是受了泰戈爾的影響。

冰心的《繁星》、《春水》出現後，為當時的詩壇引來一陣小詩熱。中國新詩史上的第一個詩社「湖畔詩社」中的詩人開始都是以寫「小詩」步入詩的陣容。還有更多無名的詩作者，都嘗試在小詩中尋找詩的天地，這些都是受到冰心小詩的鼓勵。但是也有人對這種詩表示了不同的意見。梁實秋在《創造周刊》十二期〈評《繁星》與《春水》〉一文中就說這些短短的詩「句法近乎散文」，「實是不合詩的」及「表現力強而想像力弱」，「散文優而韻文技術拙」之外，還說「理智富而情感分子薄」。另外還有人認為有些格言式語句的小詩有「冷冰冰的板起臉教訓人」的味道。認為冰心的小詩和泰戈爾詩中宗教情懷相類似，有受傳教佈道語言的影響。

也許是受到外界閒言閒語的刺激，一九三二年，她為這兩本詩集的合集出版作序時，就很沉重的宣佈：「這兩本『零碎的思想』使我受了無限的冤枉。我吞咽十年的話，我要吐出來了。《繁星》和《春水》不是詩。」但是別以為她已把吞咽十年的話吐盡之後，從此便會不再計較那些冤屈，直到一九八七年十月，她已年近九十高齡（冰心出生於一九〇〇年十月五日），還在給廣州老詩人野曼的信中吐槽，徹底否定自己的詩，更不承認自己是個詩人。她說：「我不是個詩人，我寫《繁星》時，是以『零碎的思想』發表的，以後的詩，也是孫伏園說的『這些散文很有詩意，分行印了就是詩』，但我總不以為然。」

《年晨報》副刊主編孫伏園是個非常有分量的編輯家，多少三〇年代的作家都在他的手中成名，他決定的「這些散文很有詩意，分行印了就是詩」，真是一言九鼎。但是這句話後來直至現在仍是諷刺新詩為「散文的分行」的最好註腳。散文與詩的糾纏可見自始即難解難分，把散文當詩寫早已成了大多數詩人寫詩的習慣。主要是詩被解除掉了所謂「腳鐐手銬」後，也拋開了一切為詩的最低規格，得到了無限的自由。

到底怎麼寫才算是詩呢？除了詩人自己誰也沒有這個權威去下斷語。不寫詩的孫伏園所下斷語，卻讓虛懷若谷的冰心老人幾乎痛苦了一生。但是冰心老人是可愛的，是可敬的，她有勇氣懷疑自己寫的詩，雖然她的小詩的力道至今尚無人能企及。

無名氏寫的詩

最後的最後的時辰，
任何一滴血都是殘忍。
海裡夜明魚在發光，森林裡麝鹿在放香。
那些最可愛的曾經離開我們。
那些最濃縮的曾經被沖淡。

左手可以緊握右手，左眼卻從沒有見過右眼。
孤獨在臉上開花，紡錘體和染色體在裂變。

但這是最後的最後的時辰，從沒有一朵花真正離開我們。

從沒有一顆悅星真正背向我們。
啊！任何一滴血都是殘忍！

這首詩的題目叫做〈最後的時辰〉，副標題註明「寫於抗戰勝利後一日」。作者是已過世的真正有資格候選諾貝爾文學獎的無名氏卜寧先生。無名氏是個從四〇年代就成名至今的小說家。他的小說突破了古今中外一切小說的框架。現在流行的所謂「文體越界」書寫，無名氏早在四〇年代就已經實驗過了。他的小說不大像小說，他以詩、散文詩和類小說的敘事手法，混成了一種非常獨特的無以名之的另類小說，從來沒有人稱無名氏為詩人，稱他為詩人會貶低他的小說位階，但無名氏確實是一位有著詩人性格的小說家。

無名氏非常懂得詩，尤其對西洋的象徵詩非常有心得，早年還曾經寫過一系列。在給他的伍子信中，還曾分析過這些他寫的象徵詩。這一首〈最後的時辰〉就有這種象徵詩體的意味。這首詩是寫我國對日抗戰勝利後國家遭受重創勝利欣喜及紛亂現象。無名氏在自剖他的詩曾說過：「詩是不好過份機械理解的，它有極大的彈性。自剖祇是就字面上解釋，其餘讀詩者可自己品味。」因此讀這首詩就不必執著於用散文句讀的方式去分析，而是要從所呈現的意象後面去體會。前兩句「最後的最後的時辰／任何一滴血都是殘忍」，真正是嘔心瀝血的沉重之言，道盡八年抗戰最後終於獲得勝利的橫生感慨。第二段寫勝利來到後聽見到的喜悅和感受的悲情。第三段寫當時國共的面和心不和，借生物內細胞分裂歪變以喻國共內部之相互傾軋。最後四句則是指雖然慘傷歷歷，亂象紛陳，但花還是照開，喜悅仍然歸屬我們。其實用真心去體會，深層去感悟這首詩，這真是一首以史為鑑的動人詩篇。八年對日抗戰花了無以數計的代價，終於熬得勝利的到來，只有這首詩寫出真誠的撼動。而這是一位傑出的小說家所寫的詩，容易為詩家所忽略。

無名氏寫過很多的詩，曾經出版過一本厚厚的《無名氏詩篇》。其中有許多詩是當年在勞改營中所寫，但當時無紙無筆，只有記在腦中，來臺後才謄寫。小說家無名氏來臺後，與他結交最深的並非小說家，而是我們這些年長的老兵詩人。他一直稱讚臺灣的詩凌駕大陸之上，他總認為我們這幫人才是中國詩的希望。也許我們都有相同的沉重的歷史背景吧，他的詩觀也與我們一樣的強烈沉重。他在一首名為〈詩語〉的短詩中這樣說：

從沒有一種書
說述世界的最深度；
每一米是萬千種放射；
一糎是萬千種凝固。
從沒有一種書
說述靈魂的最深度；
每一秒是萬千種自殺；
每一分是最複雜的痛苦。

詩人小說家的晚年非常不幸。活到八十六歲時，他的每一分鐘真都是最複雜的痛苦。他的偉大的小說都為地域偏見所否決；他的感人的詩篇，更是從無人記起。但我深信誠如他所說的，從沒有一朵花會真正離開我們。從沒有一顆悅星真正背向我們。他的作為已經進入永恆。

詩的濃與淡

我登臨在塔上——

在塔影的下面
是無邊的屋瓦
在瓦浪的下面
是無數的人家

在那些人家裡
許會有小小的院落

在那些院落裡
許會有各樣的花

那些花
寂寞地開著，又寂寞地落下

這首以〈塔上〉為題的詩，是詩壇大老鍾鼎文先生的早年詩作（一九三〇年作於安徽安慶）。鍾老年輕時是以「番草」為筆名發表詩，相距七十多年後的今天，尚能讀到這樣清新可喜的作品，得感謝二〇〇三年出版的一系列五十本中英對照的「中外現代詩名家集萃」《鍾鼎文短詩選》。這套詩選收存許多詩的歷史英華。

〈塔上〉這首詩無疑是屬於「淡粧」的詩，沒有乖張的意象，沒有誇飾的語言，只是幾句眼前景物的素描，便把一個寧靜淡雅無爭的境界烘托了出來。讀這首詩會使人想起柳宗元的〈江雪〉，馬致遠的〈天淨沙〉，以及戴望舒的〈白蝴蝶〉。

詩的濃與淡各有偏好喜愛者。在古詩中，嗜好濃度高的人多半愛讀李商隱和李賀那種象徵、暗示味濃，甚至有超現實感的詩，讀這種詩越嚼越有味，越鑽研越有奇珍異寶，想像空間大到可以任何解釋都言之成理。然而卻有太多的人愛讀王維，愛讀李白，愛讀劉禹錫那種清明有味語近情遙的詩。李白的〈靜夜思〉、王維的〈鹿柴〉、劉禹錫的〈烏衣巷〉都是令人百讀不厭，不需有多大的學問便可心領神會的好詩。也可以這樣說，濃度高的詩必須費力思考才能解讀，詩學研究者或專業讀家最喜愛這種詩，他們憑著鑽研的心得會寫出一篇篇有別於前人的箋註，也成了一種創作的樂趣。而「淡粧」的詩讀來較為輕鬆，易進入情況，有綿長的回味和共同語言，容易與人親近。算是比較平民化的詩吧！

要分別現代詩的濃與淡就非常難了。因為詩現代化以後，對以前所有的認為美好的價值都已推翻解構，力求新的創意。在沒有固定形式，以內容來決定形式的詩風下，詩必須意象繁煩，意象疊加才算上乘之作。且在講究拼貼的後現代狀況下，一行詩可以貼上二三十個字，一首詩可以排成像一塊鐵板樣的既不分段，也不分行，更沒有標點來斷句，結構綿密得密不通風。且不管內容是否通順清純，光看外形已是「濃」得漆黑一片了。這就是很多文學獎鼓勵出來的現代詩的原型，非如此便不能脫穎而出。像這種濃得高深莫測的詩，文學獎的評審先生們是不敢隨便置喙的，唯恐會造成「遺珠之憾」，顯得自己多沒學問，而一般刊物的審稿編輯們則就只好看來人的名氣說話了。

現在真是再也沒有人寫像番草先生這樣清新可喜的詩了嗎？誠然，稍微懂得為詩之道的人，都知道單純淡雅的詩實際比那些以文字堆砌出來的高濃度的詩難寫。如以詩的構成要素「意象」而言，那些濃得化不開的現代詩只是有「象」而無「意」的詩。他們尚未將詩思整理爬梳好，或主題尚未定調，便將隨手拾得的事象，甚至是亂象堆積在一起，湊成一首詩，讓讀的人苦思這首詩的「用意」到底何在。且還宣稱留給了讀者廣大無垠的想像空間，去完成這首詩的未竟之業。而單純清雅的詩就沒有這種取巧的機會。他們寫出來的作品，是不是詩，任何人一眼就可看出來。他們不但要寫得外觀語境透明，而且要內藏感人的言外之意，雖看來像「高僧談家常事說家常話的手法」（名詩評家沈奇語），但寫者必先具高僧的修為與悟性，始可達致清明有味之境。

現在還是有很多這樣的詩人在寫單純淡雅清明有味的詩，更有太多的人喜歡懷念這樣的詩，只是在不合現代詩新潮流唯濃是尚的情形下，一般淡雅的詩便會視為太明朗，太淺顯易懂，太不夠前衛而慘遭淘汰了，這就是為什麼我們總是看到一些晦澀難懂濃得化不開的詩到處出現，而我們要看想看，看後會得到感動的詩好像已被驅逐出局。這也就是為什麼我讀到鍾老師這首好詩會感慨橫生的原因。

新詩應傳統與現代聯姻

——以余光中詩法為例

臺灣的現代詩在五〇和六〇年代曾經發生過多次論戰，一些人主張作橫的移植，放棄縱的繼承。聲稱要全盤學習西方自波特萊爾 (Baudelaire Charles, 1821–1867) 以降的一切新興詩派，並予以發揚光大。但另一批人卻死守已經僵化的傳統，拒絕一切外來的思想和變化，視非我屬類的營養為毒蛇猛獸，寧願抱殘守闕，直至萎縮不堪，也不肯拓展新的視野。兩種各走極端的結果是，使詩不是洋腔洋調，晦澀難懂；便是造成詩的陳腔濫調，質舊言淺。這以後幾十年的新詩，雖兩種路向均各稍有修正，也還相安無事，但成見的鴻溝仍然難以彌平。

但是余光中對詩的主張從那時候起就有不同的認識，他認為任何詩人的創作都要受到時間與空間的限制。在空間上要強調時代性，在藝術上要正確處理傳統與現代的關係。

他把食古不化，死守傳統的稱為「孝子」；把食洋不化，專門崇洋媚外的人稱為「浪子」。更把那些從西方跑了一圈回歸傳統的稱為「浪子回頭」。他在四十年前寫的一篇〈新詩與傳統〉一文中就曾說：「新詩是反傳統的，但不準備，而事實上也未與傳統脫節。新詩應該大量吸引西洋的影響，但其結果仍是中國人寫的詩。」

余光中最早期是走新月詩派的格律路線，但現代主義在臺灣推行以後，他也開始寫現代詩，但旋不踵他即向現代主義告別，寫了一首長詩〈天狼星〉，然後以〈蓮的聯想〉為轉折點向古典回歸。自那以後至今，他的詩路與風格雖然仍有變化，但對傳統與現代的處理，可說並行不悖，他能在兩者之間入而復出，出而復入，游刃有餘，構成他既傳承又開放的獨特風格。

我們知道文學革命以後，被破壞得最慘的是傳統中國詩中獨有的秩序性和音樂性，使詩成了無韁的野馬，任意奔馳。余光中寫詩便有這種自覺，因此他對詩的結構特別講究。極力維持詩的應有的秩序性，而不會自由得支離破碎。我們看有許多現代詩，往往是局部突出，而整體並不和諧。而余氏的作品好處是整體圓融，一氣呵成。他既講究「形式結構」，每一首詩都自我完成一個形式，要就整體不分段，要分段就每段同樣的行數，絕少有一字一行，或數十字一行的詩。他更注重「內涵結構」的和諧。他的詩雖然已經不用嚴格的韻腳，但他仍極注意字音的呼應、流暢、和諧。絕不讓詩句拗口詰詘。其實這種音調和節奏的講求和「形式結構」是息息相關的，如果沒有好的有秩序的形式，在音調和節奏上是和諧不起來的。他的詩雖然是現代的形式，卻有古典的韻味。

余光中的詩也講究「意象結構」。所謂「意象」就是使詩外形凝鍊，而內涵深永的一種修辭技巧。現代詩由於形式散漫而無定法，必須靠「意象語言」來約制。但是很多人只知把意象弄得很繁複，艱澀到令人不知所云。而余光中卻懂得把意象爬梳得疏密有致，或因類似而相屬，或因相反而對照，或因聯想而相應，總是此呼彼落，有機有序的發展。同時他還注重意象的時空結構。平鋪直敘是詩的大忌，而余光中在處理時間和空間的發展是起伏的，譬如首句是未來起，二句即以現在接，三句又推向未來，末句又拉回現在，這種交錯和蛻變，使得時空上有了縱深感，有助於讀的人想像力的伸張，和對詩情的追蹤探索。這種出入時空的方法古詩中最擅長，余光中將之應用到現代詩中，可見他從古詩的典籍中獲得不少營養。

很多人厭棄新詩或現代詩，反而去向古詩求助，這正是傳統與現代得不到融洽，各走偏鋒的結果。余光中對此早有見地，故而獨創既傳承又開放的新詩風格。對現行新詩或現代詩失望的人不妨多讀余氏的作品，有了這種選擇，也許會恢復詩的信心。

三寫夕陽

夕陽是一天中最美的景色，就像人在將死前的迴光返照一樣，盡量裝點出一派安詳明朗的氣氛，這種彌留的美景最易觸動多感的詩人，或歌詠或感懷的寫起詩來。在我的詩作中，就曾三度以黃昏、夕陽、落日為題寫過三首詩，各首題目雖雷同，表現的手法卻各有異，詩的時空感也不一樣，現在我一首一首的分別自我剖析一番。

我寫的第一首有關「夕陽」的詩是一九八二年六月發表的〈黃昏醉了〉：

飲盡了這一天
五味雜陳的
烈酒之後

黃昏醉了
它把一張豔紅的臉
朝著
遠山那挺得高聳的胸脯
埋首
睡去

這是一首單純寫景的詩，詩中幾乎不帶個人的任何情感，詩中只有兩個鮮明的意象，一個是把落日比喻成醉漢的意象，一個是把遠山比喻成高聳的胸脯的意象，用這兩個意象組合成一個比單純描寫夕陽如何豔麗、落日如何生動更具實感的畫面，這是這首詩的表現特點。香港中大教授黃維樑先生曾在他寫的〈有趣的夕陽〉一文中，認為這首詩的手法十分別緻有趣而且新鮮，古詩中幾乎從來沒有這樣細緻的作品。

我寫的第二首有關夕陽的詩是在一九八二年十月發表的〈黃昏八行〉：

信義路那端的落日
緩緩墜下如一枚大金幣
眼看摔碎在世貿中心那些稜角上時
四野車聲嘩然

而那附近空地上的孩子們
卻只管扯著飛天的紙鳶
像是在無心的引幡參加
一場絢麗的　黃昏慶典

我寫〈黃昏八行〉正值我實驗寫「八行詩」的那一段時間，我認為古詩中的律詩也是八句，卻能把一個情境包容得那麼完整圓融，而用散文句法，沒有韻律限制的現代詩，卻沒法做到那麼別緻，同樣使用文字為什麼我們就不如古人那樣有駕馭力？於是我試著用八行的規範來寫，這首〈黃昏八行〉是第一首八行作品，爾後又寫了〈月夜八行〉、〈冬日八行〉等詩。寫〈黃昏八行〉時，正值經濟景氣低迷，各業都要求銀行紓困，我乃利用在住處山頭看落日的景象，喻出當時對經濟恐慌的心境。故而這首詩應算是喻情於景的篇章，只是這種含蓄的言外之意，如不了解當時的時間背景，恐不易體會，可能僅把它當作一首比較熱鬧的寫景詩看。

〈馬尼拉灣的落日〉是我寫的第三首關於夕陽的詩。此詩於一九八七年四月發表：

還來不及呼痛
久待在馬尼拉半空的那枚烈日
黃昏的鐘響一催
便從濱海那棵椰子樹頂
躍入海天相割的那片銳利刀鋒
火辣的血
把整個馬尼拉灣
煮得通紅

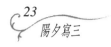

多麼壯烈的一種結束啊
我想起沿路遇見的
手執長刀的菲律賓人
也是這麼犀利的刀鋒
立時割下滾落在地的
一顆顆熟透如落日的椰子
也是這麼突然得
來不及呼痛

一九八四年中，我們一大群寫詩朋友到菲律賓去訪問，站在馬尼拉灣的海邊看一枚火紅的太陽往浩瀚無邊的太平洋沉落下去，實在壯觀無比。據說有位先前來過的詩人，曾感動得大哭一場。我則隨即想到覃子豪先生那首大家都熟悉的〈追求〉：

大海中的落日
悲壯得像英雄的感嘆

真是只有英雄的感嘆才會這麼轟轟烈烈，多采多姿。

但是我寫出的〈馬尼拉灣的落日〉除了對落日的悲壯景象有所感觸外，詩中強烈的意象，則是當時菲境的局勢給我的影響。那時統治菲國數十年的馬可士總統剛被老百姓趕下臺，就在我們到達的幾天前，馬尼拉的街頭還有流血事件，這種暴君沉淪、百姓起義的爭取自由民主的場面，不也正像紅日西沉一樣的有喧天的悲壯嗎？不知不覺我就借景湊勢地寫下了。

這首詩發表後，大陸評論家李元洛曾以〈一枚詩的落日〉為題評論之，認為此詩運用「化美為媚」的動態描繪，而且將時間壓縮，從而呈現更急遽的動感，美在單純而強烈。隨後新加坡詩人周粲以〈落日與椰子〉為題再評這首詩，於大陸、新加坡、菲律賓、臺灣等四地報刊發表，周粲認為這首詩是「就地取材」，所以寫得「有聲有色」，同時認為面對稍縱即逝的「烈日躍海」（如同精衛填海，夸父逐日等等），畫家可以畫成一幅畫，詩人可以寫成一首詩，但是他懷疑一幅畫能否包含這首詩中所有的這樣豐富的內容；寫成一首樂曲，恐怕就更困難了。

他是在強調文字的創造功能，我們的詩壇大老周夢蝶先生曾用自己的獨特書法為我謄抄了這首詩，周公並在詩末有一大段評語，最後他說：「董兄此製，破空而來，飄飄然，若天風海雨逼人，無一字不險，亦無一字不穩，真神品也！」作為一個詩人，發揮文字的神奇創造力是他最大的職責，能否寫好一首詩，能否成為一個成功的詩人，也全在此，我只是在努力地追求此一化境而已。

詩宜出自機杼

一枝花？
一枝花的影子？
被路燈投射在
病床的玻璃窗上
不論是花還是花影
都令我歡喜
是今年最後一朵翠菊麼
還是那位好心人
用一枝假花來安慰
我對生命的渴求？

呵，不論是什麼
都令我感激
何況就是影子
影子也是真實的
人有影子才是人
世界有影子才成世界
偏我躺在病床上，
讓自己的身體壓沒了自己的影子

這是剛過八十大壽「七月詩派」詩人綠原在病床上所寫〈病床上〉組詩中的第五段。綠原對我們臺灣似我等前行代詩人言，可說是一個早就耳熟能詳的名字。他在一九四二年出版的第一本詩集《童話》曾經影響我們初習寫詩時的心情甚深。很多當時習詩者的詩中，都有他的影子。其中以弱冠即遭不幸的詩人楊喚最能承接綠原的詩風。

這首〈病床上〉組詩中的一段，寫得非常平白、卻表現得非常幽深，十足表現出一個為詩奮鬥一生的老詩人，到暮年無力的躺在病床上的落寞無奈心情，連投射在窗玻璃上的花影，他都覺得可愛，同時肯定影子對人，對世界的必要，而他自己卻躺在病床上，不能站起來，因而出現不了影子。他的詩句卻說：「讓自己的身體壓沒了自己的影子」，讀來真是令人鼻酸。與綠原同屬「七月詩派」的詩人曾卓，在二〇〇三年病逝之前寫過一首詩叫做〈沒有我不肯坐的火車〉，也是在重病無法走動時所道出的一種心靈願望，他們都是因牽涉「胡風事件」被打成右派，勞改蹲監了前後一二十年。身心都受到迫害，終至造成老來的淒慘。

綠原既是一位詩人，更是一位翻譯家，少年時通過廣泛的閱讀就認識到英語世界的惠特曼 (Walt Whitman, 1819–1892)、桑德堡 (Carl Sandburg, 1878–1967)，法國的波特萊爾、德國的里爾克 (Rainer Maria Rilke, 1875–1926)、歌德 (Goethe, 1749–1832) 等人的作品，從那個時候開始，他就逐漸意識到，滿足於在風格上與某詩人近似，畢竟是個誤區，憑借笨拙而遲鈍的探求，自覺地建立自己的風格，才是唯一的出路。

他堅信古人所云：「詩宜出自機杼，不可寄人籬下」是一句至理名言。

寫譯均經驗豐富的綠原，對於中國新詩雖肯定它有歷史認可的成就，但也抱持滿腔的希冀與期待。二〇〇四年初他在接受訪問時就道出了他對詩人及整個詩的走向的不凡觀點，這些觀點都很貼近詩的現實，很少有人會是這樣坦白的說出來，他認為新詩發展前途仍取決於當前已有一定成就的詩人們繼續努力，他有幾點祝願貢獻給大家。一、充分認識到創作的艱難，以搏兔如搏虎的精神挑戰。每次提筆要像第一次寫，才不會為省事而常襲故，以至重複自己；又像最後一次寫，才不致吝惜最後一點潛能，而留下遺憾。二、作為完整意義上的詩人，能通曉整個文學領域及其各部門的異同，從而不斷開創新的可能性。三、除了會寫詩，還得下功夫把漢語寫好。漢語欠鍛鍊，擺不脫與社會相隔閡的習慣性的「綺語」，是不少青年詩人的通病。四、不為詩名所累，不以詩人自居，以普通人的姿態和普通人交朋友，是詩人不可或缺的生活基礎。五、最後，把詩寫好的同時，把人做好，詩與人的一元化是詩人之為詩人的先決條件。

對於整個華文詩的走向，他也有幾點提醒和關注：

一、活得久一點，便可清楚看出，萬事萬物都在變，其中包括了詩。每個時期的詩都是時代精神之花，足以傲視過時的，陳舊的，衰朽的一切。歷代詩人都殫精竭慮，試圖擺脫周期率的宿命，但卻不是主觀期望所能保證。如何從這些精神機體的衰變過程中，發現並保存特定的「遺傳基因」，以提高詩人的優生學水平，這似乎是尚未出世的藝術科學家的任務。

二、在複雜多變的世界，現代詩作為現代人的生命體驗表現方式之一，其所需要和佔有的主題和題材照說是無限的。但就有限目力所及，更常見的卻是與鄰人無關的身邊瑣事，未必逗趣的寵物，並不認識的花木，未曾登臨的山水，對於略帶社會性的生活內容，則畛域判然，缺乏對人類，對族群命運的尊重，缺乏崇高感，缺乏悲劇性。

三、抗戰勝利五十周年，沒有詩；慰安婦在飲泣，沒有詩；當年納粹暴力下的被迫害者轉而成為迫害者，沒有詩；目前以恐反恐，更沒有詩，是不會寫？是不方便寫？是不屑於寫？還是寫了發表不出來？搞不清楚，經過兩次大戰的讀者，至今難忘當年拍案而起的詩人們憤怒的歌聲。

四、世界上不是沒有頂峰式的大詩人，波特萊爾是一個，里爾克是一個，艾略特又是一個，但須知他們在自己的國家也都只是一個，並非後繼無人，而是作為頂峰，他們都只能是唯一者。豈只頂峰，任何有出息的詩人都應當是個唯一者，他們留給後人的教訓是：既不與人同，也不讓人同。

五、懂不懂從來不是檢驗詩的好壞標準，有些詩因意蘊含量高而不太好懂。那不要緊，只要其中意象和意境向讀者開放，讓他們能夠重複作者原有精神漫遊的軌跡，從而成為詩人的知己，甚或從而成為另一個詩人。怕就怕，故作高深而求助於晦澀，將或有的意象和意境逐一封閉，使讀者始終不得其門而入，只能在幻憩林中的虛構城堡外面徬徨。

耆老的詩人綠原非常謙和內向，連我尊稱他一聲前輩，他都一再的不許。還說他大不了我幾歲，事實上在詩藝的成就，在對詩的生態認知上，他確實高人一等，他的這些發人深省的觀點，我相信大家都會折服而有所警醒的。

哈代的反戰詩

曉得哈代 (Thomas Hardy, 1840–1928) 這位英國十九世紀進入二十世紀的作家，是在年輕時讀到他的小說《黛絲姑娘》，那是一部非常悲情的小說，是說一個貧寒農家的女孩，本來安分守己的陪著母親料理家事，不料她的終日昏飲的父親，由於家境日益凋零，連酒錢都付不出，將她送往一個暴發戶求援。暴發戶想盡法子將她汙辱，黛絲受不了乃逃跑回家，不久生下一子，隨即夭折。她又到農場去做工，遇到一位她喜愛的青年，而戀愛而結婚。新婚當夜她將過往的遭遇如實以告，本想博得新郎的憐愛，誰知保守的新郎竟不能原諒她，當即棄她而去。此後黛絲的日子更加難過，她的寡母和弟妹受不了經濟的困窘，又將她送回暴發戶家，黛絲一氣之下，將暴發戶一刀刺死，以求與離去的新郎重修舊好，但兩人竟也只共度了七日，黛絲便因謀殺罪被捕，處以絞刑。這是一部淒涼悲慘，讀了無不令人心慟，一灑同情之淚的好小說。

但是後來才知道，這部小說雖說為哈代贏得了一定的聲譽，卻受到維多利亞時代傳統道德觀念捍衛者的攻擊，認為黛絲不僅非婚生子，且因謀殺同居的男人而被判絞刑，而作家哈代居然對這樣拂逆公認道德標準的女子予以同情和諒解，認為非常不當。小說家哈代受了這些道學家的非難，感到深深的厭惡，終於在完成另一重要小說，也曾引起爭議的《無名的裘德》之後，從此決心不再寫小說，轉而將餘生獻給詩的創作，且自認頗有詩才，將可求得更高發展。這種文學家從小說轉行入詩歌的例子不多，哈代應屬最早跨行轉業者，且跨得很成功，英國的詩歌史上，從來不敢將他忽略。

哈代在英國的詩歌史上是一位承先啟後的詩人。既是十九世紀古典詩的餘韻，又是二十世紀現代詩的先聲。作為一個詩人，哈代是一個悲觀主義者，他的作品總是盡量地表現他自己的思想,嚴格的批判他所看到的這個被昏瞶勢力支配底下的人的無能與無知、矛盾與無奈。哈代寫了不少的詩，以詩劇《王朝》最能代表他天才的結晶。《王朝》所以受重視，主要是寫一八〇四年拿破崙舉兵征英起至滑鐵盧失敗為止的一幕歐洲大慘劇。描述戰爭對一般平民百姓造成的影響，以及神人共鑑的一些荒謬事故。哈代認為支配宇宙的是一些不知善惡、冷酷無情、沒有自覺的「內在意志」，由於這種「意志」的執行，造成永劫不復的大災難，可見哈代是非常厭惡戰爭的，也可以說是極端的反戰。從下面這一首短詩〈他殺死的人〉，可以看出他所深知的戰爭醜惡的一面：

倘若我與他相遇
在一家老字號的酒館裡
我們就會坐下來
喝上幾杯再分離。

可是身在槍林彈雨中
面對著面，目光相逼，
我們同時把扳機相扣，
要把他當場擊斃。

我殺死他是因為——

因為他是我的仇敵。
正是那樣：他當然是仇敵，
這是顯而易見的道理，雖說
也許他以為他同我一樣，
也是失了業——賣掉了家當，
沒有多想就當了兵，
其他原因多說也無益。

不錯，戰爭又古怪又離奇，
你把一個同類射倒在地。
若相遇在酒吧你定會盛情相邀，
說不定還借他一克朗的硬幣。

確實，戰爭是古怪又離奇的，毋寧更直接的指出是冷酷又無情。所謂仇人見面分外眼紅，這是一般一旦結為仇家後的鐵律，因為你不殺死我，我便得殺死你，我們是勢不兩立的，只有先下手為強了。這時那管他是昔日密友、親人；平時可以碰杯痛飲，沒有酒錢還會搶著付帳的莫逆，一旦兩邊對立的幹起來，便會摧毀所有能維繫人間和諧的人性。這首詩沒有直接描述戰爭的恐怖，也不見刀光劍影，只是冷靜的陳述一旦對峙成仇後，所必然發生的人性質變與扭曲，可見哈代為詩的功力非常深厚。二〇〇三年由於美國無厘頭的攻打伊拉克，掀起了全世界詩人藝術家的反戰浪潮，我們臺灣的詩人也寫了一本反戰詩合輯，向世界發聲，回應因戰爭流出的血和淚。我把哈代所寫的〈他殺死的人〉從歷史的詩卷中找了出來，印證對戰爭的厭惡，對和平的渴望，對人性的復甦，其來有自。曾獲諾貝爾和平獎的南非大主教圖圖 (Archbishop Desmond TuTu) 曾說：「槍口下從來不可能得到真正的安全。」法國外長在安理會的美國攻伊辯論上語出驚人的說「戰爭是失敗者的選擇」，曾獲得安理會的滿堂彩，第二天世界各地即爆發了一千萬人參加的反戰示威。

楊喚與米爾恩

——中西兩位童詩能手比較

楊喚與米爾恩（A. Milne, 1882–1956），是中西兩位寫兒童詩很有成就的詩人。楊喚的童詩早已上了小學課本，我們對他知之甚詳，毋庸再作介紹。米爾恩是英國人，是一位劇作家、小說家和詩人。他的第一本兒童詩集《當我們非常年幼時》係於一九二四年出版，寫的是他那三歲幼兒克里斯多夫．羅賓和一些小動物的故事，一九二七年米爾恩又出版另一本兒童詩集《我們六個》。米爾恩的兒童詩極受英國的兒童和成人喜愛，詩中的幾個主角像克里斯多夫．羅賓，小胖豬、詹姆士、摩利森都是英人所熟悉的人物，很多詩都曾配上音樂當兒歌唱。

楊喚和米爾恩同是以成人的筆觸揣度赤子的天真，利用經驗和想像來從事兒童文學的創作。將他們兩人的作品作一番分析，並找出一些異同的特質，未始不也是一件有益也有趣的嘗試，現在我大膽的發展下去：

由古至今的批評家多以為詩歌具有一種雙重的特性，那就是必須兼顧娛樂和啟發兩種作用，但也有人認為詩的職責是表示，而不是教化，就像王爾德（Oscar Wilde, 1854–1900）所說：「詩人是上帝的選民，在他們眼中，美祇是美。」而導致有人主張純詩。基於這種永不休止的爭論，我就想從作品中檢視這兩位名童詩作者的觀點，因為我永遠沒有忘記「兒童的心靈是一張白紙」這個譬喻，結果我發現他們兩人的作品中，都沒有忘記注入或多或少的教化作用，促使孩子們透過詩的媒介，導入正常的道德或生活規範。例如：

楊喚作品〈森林的詩〉：「就是小螞蟻的媽媽也正焦急地等著他回去吃晚飯哪！」

——教導兒童不要在外逗留太久，免得媽媽擔心。

楊喚作品〈眼睛〉：「你的眼睛是窗子／要向明亮的太陽打開來呀！／要向藍色的天空打開來呀！／要向著你要走的，也是最好的一條路打開來呀！／別一看見書本就懶洋洋嚷：『喔！我的頭好痛！』」——啟迪兒童振作精神，用功向學。

米爾恩作品〈禮貌〉：「假使人家問我／我常對他們說：『很好，謝謝你，你好嗎？』」

——詩中括號裡的答話是西洋人見面時的客套，自小必學的禮節。

米爾恩作品〈喝茶以前〉：「愛蜜麗說：『傻瓜，我去見了皇后／她說我的手百分之百的乾淨。』」英國人每天喝下午茶吃茶點，一樣要求孩子養成食前洗手的習慣。

經過兩人的詩詳予比較，發覺在楊喚現有的十八首童詩中，幾乎五分之四以上的詩都能找得出教化的痕跡。為什麼會這麼強烈呢？就大的推論言，這是楊喚謹守先賢「詩必言志」的結果。而就楊喚的個人背景追溯，則可歸之楊喚不幸的童年，他要天下每個孩子都是幸福的寵兒，他關愛天下每一個孩子，當然愛得愈深，叮嚀也就切了。而米爾恩在他那本四十四首《當我們非常年幼時》的詩集中，明顯看到教化的意思就少得多了。米爾恩是承平時代一個富足國家的上流人物。英國人雖注重孩子的教養，但不太愛束縛孩子的行動，所以只對孩子的待人接物，生活小節，稍作提醒。

自有兒童詩以來，將自然現象作為詩材，予以運用、表現，已成所有詩作者不成文的定律。這也難怪，因為只有自然界的現象最具想像力，最易引起兒童的好奇。楊喚與米爾恩也不例外，但兩人對詩材的運用手法各異，楊喚像一個木偶戲的操作者，他把自然界的萬象予以擬人化，放在幕前各自表現，表現的純是人間現象，就恍如你我在生活中所發生的各種事情，非常通情合理。下面以兩段詩來證明：

「太陽先生拄著金手杖，／來參加老鼠國王嫁女的婚禮來了。／風婆婆搖著扇兒，／也匆匆忙忙趕來了。」——〈童話的王國〉

「頂著滿頭的露珠，／小菌子從四方八面來集合了，／排成一列列的小隊伍。」——〈森林的詩〉

「我們是一群不偷懶的小工人，／搬不動哥哥的故事書，／拉不走姐姐的花毛線，／我們來抬小妹妹吃剩下的碎餅屑。」——〈小螞蟻〉

而米爾恩詩中則仍多以人自身為主體，自然界的東西雖然有時也以人物方式和他一起出現，但從來不曾把風霜雨雪，日月星辰等自然現象寫得那麼栩栩如生。在他的〈小狗與我〉一詩中，小男孩在路上遇到五個人物，分別是男人、馬、婦人、白兔和小狗。他問前面四個到那裡去，分別的回答是到村子裡去「取麵包、拉乾草、裝麥子、吃燕麥」，小男孩都不願和他們去。可是他問小狗，小狗說到山坵打滾玩耍，小孩馬上說：「小狗，我同你去。」在另一首叫做〈島〉的詩中，敘述一個孩子對遠方一座海島的嚮往。他要到那兒去爬「岩石綠色棘冠上的椰子樹」，「面對崖上的滾滾落石」，到了頂上他要躺下來瞭望「底下耀眼的沙灘，綠色翻滾的波浪／遠方灰藍的霧靄／那兒大海上了天」。最後他說：「世界上再也沒有別的人。／世界為我而獨創。」詩中充滿著西方人慣有的自主開拓的冒險精神。

最後從楊喚與米爾恩兩人詩作的歸類作一探討。由於有人認為由兒童自創的詩才是兒童詩，成人寫的只算童話詩。而另外有人提出反對，認為兒童詩既是兒童自己創作的詩，也是成人寫給兒童看的詩。筆者在此不想介入紛爭，只站在就詩論詩立場，對他們兩人寫童詩的不同手法作一介說。首先我把楊喚寫的這些詩歸之為童話詩。我們讀楊喚任何一首為兒童寫的詩，其中不但有人物，有場景，更有一個貫穿全詩的故事背景，就彷彿看一場華德迪士尼的卡通片，那麼有頭有尾，而據楊喚生前的好友翻譯家葉泥先生在〈楊喚生平〉一文中所載，楊喚是一個極迷卡通影片的人，可以知道楊喚的兒童詩得自卡通影片的營養非常多。再看楊喚所經營的詩句，並不是像一般兒童詩作者模倣兒童的口氣，而是以大哥哥大姐姐的口吻在和兒童說話，話中帶著童稚的鼓勵和誘惑，即使成人看了也感到親切有趣。楊喚的詩是純自由體，但注重全篇的自然節奏和一氣呵成的氣勢。

米爾恩的詩則不像楊喚那麼純粹，也許是他的創作年齡較長，他已為兒童詩作了各種嘗試，既有以模擬兒童口氣、心靈、情感寫出來的天真即興小詩，也有用人物、場景、故事化了的兒童詩，只是米爾恩不如楊喚那樣的意象鮮活，造境天真。他只是將故事編成兒歌的形態分行寫成，所以他的詩都有英詩的嚴謹，適合譜曲歌唱。而楊喚的詩卻適合朗誦和表演，汪其楣教授即曾帶領他的學生用手語和朗誦配合演出楊喚的〈我是忙碌的〉那首詩，獲得空前的成功。楊喚和米爾恩寫童詩的手法雖各有異，但他們對兒童的愛，和對童詩的專心，卻是有志一同。

四月最是殘忍的月份

——認識艾略特和他的〈荒原〉

四月是最殘忍的月份，滋潤著
生長在荒地的紫丁香，摻和著
回憶與情慾，激盪著
遲發的根以春雨。
冬日使我們暖和的，覆蓋著大地的
遺忘的雪，餵養著
一個小生命以乾癟的球根。

上面這七行詩是艾略特 (T. S. Eliot, 1888–1965) 名詩〈荒原〉第一段「死葬」中最前面的幾句，也是所有論述〈荒原〉一詩最常見的幾句。〈荒原〉原稿完成為八百多行，送

往他的老師龐德 (Ezra Pound, 1885–1972) 修正時，被刪去了一半，成了現在看到的四百三十四行。龐德的下手雖然這麼殘酷，但艾略特卻心服口服，特別在〈荒原〉的前面題記：「獻給艾茲拉．龐德／一位高人一等的工匠」。此句原出自但丁的《神曲》，在義大利文中「工匠」與「詩人」同義，是在表達對龐德的感激與謝忱。艾略特曾於一九四八年獲諾貝爾文學獎，哈佛大學文學士，在哈佛時影響他最深的是哲學家兼詩人喬治．桑塔耶那 (Santayana, 1863–1952)，及評論家艾文．白壁德 (Babbit Irving, 1865–1933)。

〈荒原〉一詩計分五段，分別是一、「死葬」描述現代人的精神死亡，且復活無望。二、「棋戲」寫男女性觀念的墮落和反常。三、「火誡」指人的一切慾望皆為焚身之火。四、「溺死」認為水可造成毀滅，也可因此淨化。五、「雷語」係在敘述人的存在意義的再發現乃靠不斷回憶原始情境去求得啟示。整首詩的主旨乃在將古代生活的文采風流和近代生活的空虛無聊作一強烈的對比，以象徵人在缺乏精神修為和日益工業化的社會病態下，將淪入萬劫不復之境。此詩係一九二一年艾氏三十三歲時在瑞士渡假三個月時所完成。這首詩中所預見的現象證之當今人類對高貴精神文明的唾棄，甚至已達欺宗滅祖的地步，縱慾於低俗的物質文明而不自覺，生態的危機，自然的浩劫，在在都證明艾略特早有先見之明，不愧為二十世紀詩壇巨匠。

〈荒原〉係於一九二二年十月由英國《標準》雜誌初次刊出，一九二五年收入他的《詩集》(*Poems 1905–1925*)。此詩之出曾對一次世界大戰後新生代的作家帶來立即而又強勁的衝擊，像喬艾斯 (James Joyce, 1882–1941)、海明威 (Hemingway Ernest, 1899–1961) 等人的作品都有〈荒原〉的影子。艾略特在〈荒原〉一詩中動用了七種文字和三十五位名家的作品，從《舊約聖經》、梵文經典、味吉爾（Virgilius，古羅馬詩人）、聖奧古司丁 (ST. Augustine, 354–430)、但丁 (Dante, 1265–1321)、莎士比亞 (William Shakespeare, 1564–1616)、密爾頓 (John milton, 1608–1674) 至波特萊爾的章句，以至流行的歌劇和澳洲軍歌也都一體全收，予以巧手編織。在詩中我們既可領略到古典的餘韻，也可讀到毫無詩意的現代口語。真可謂之恢宏壯闊，猗歟盛哉。

然而〈荒原〉這種知性過強複雜拼湊的詩的結構並不易為大家所普遍接受，由於人們無法輕易從其中獲得明確的意義，一直到現在的新一世紀始終被人認為是一首最難懂的詩。早期有一位愛慕此詩的人曾經引用聖奧古司丁的名言來述說他讀〈荒原〉的印象。他說：「如果別人不問我，我明白其中意思。但如要我解釋，則我說不出。」詩人兼批評家溫德斯（Yvor Winters, 1900–1968）則批評〈荒原〉的形式為「模倣的形式」，是以混亂的形式來模倣混亂的時代，他說艾略特詩的節律是跛行的，這正表示他精神上的跛行性。他還說，艾略特不能以形式來控制詩的材料，反而讓詩的形式屈服於詩的材料。從以上的兩種說法可知要進入艾略特的〈荒原〉，實在不是一件容易的事。其實溫德斯的批評「精神上的跛行」也並非無的放矢。據說艾略特寫此詩時，正是他一生因工作過荷，婚姻不滿，物資奇缺而瀕於精神崩潰之時，他自己就說：「〈荒原〉於我個人是一種解脫，全然是對生命所作無關宏旨的不平之鳴，不過是一些有韻味的喃喃怨語而已。」

但是也有人認為〈荒原〉在現在讀來已不難懂。已故加州大學陳世驤教授即曾在他的文集裡兩度表示這種看法。他認為〈荒原〉在形式上「成就了一種新的語言」，因為內容上「已表現出唯有現代所有的情感與眼界」。並認為艾氏在「有意識的應用傳統，活用傳統，而在新詩的發展史上完成其真正創造的貢獻。終而現在已成為一首人人傳誦，極其易懂的詩。」他並解釋所謂易懂「並非字句的意義變成易解，而是它形式所象徵的詩意，即其音節律度的示意作用，經過多少批評發現，久而被人接受與理解。」陳氏這一見解至少已是二十年前提出，但終究只是學者的觀點，一般的讀者要進入〈荒原〉一探究竟，仍然很難。雖然現在的〈荒原〉後面至少有一百多條註釋（宋穎豪教授中文譯本有一百二十五條，已譯妥近二十年，但未能出版），然對照讀來仍頗費力。

國人讀到艾略特的〈荒原〉可以遠溯到抗戰末期，詩人馮至曾將此詩翻譯。旅美詩人葉維廉早年曾譯此長詩發表於《創世紀》詩刊，未有註解說明。旅美詩人杜國清亦曾譯此詩在《現代文學》二十八期發表，附有艾氏原註。因受〈荒原〉影響，模倣而寫詩的，當推已故的夏濟安教授，他有一首題名〈香港一九五〇〉的四十四行長詩，副標題即寫明是「倣 **T. S. Eliot** 的 *The Waste Land*」。他在後記中說這首詩是藉模倣〈荒原〉來表現一般上海人在香港的苦悶心理。這首詩只學到了〈荒原〉混亂的形式，內容比之更晦澀，想必是濟安先生年輕時的遊戲之作。

此詩首句「四月是最殘忍的月份」是艾氏改造英國詩歌之父喬叟 (Geoffrey Chaucer, 1343–1400) 的巨著《坎特百雷故事》序言的首節 "WHEN THE SWEET SHOWERS OF APRIL FOLLOW MARCH/ PIERCING THE DRYNESS TO THE ROOT THAT PARCH"，意為「四月的甘霖滋潤了三月枯竭的根鬚」，本應為一帶來大地復蘇的象徵，然在艾氏悲觀的心理下，卻成了最殘忍的時間、一種無望的痛苦回憶，這是詩人的心理偏差所致。

據專門針對藝術家及詩人作精神研究的德國精神病理學家茱達說，精神異常比例最高的是詩人，高達百分之五十，超過一半（百分之五十五）的英國詩人有顯著的精神病史。艾略特原係美國米蘇里州聖路易城人。一九一五年與費文・海古小姐結婚，但不美滿，加深艾氏沉鬱的個性，一位評論家何爾說：「海古小姐是死靈魂投胎，就是要使艾略特性無能，使他受苦，使他寫詩。」一九二七年，艾略特歸化為英國子民。

母親・世上和平的保護神

——讀兩首寫給母親的反戰詩

別老是望著那空了的小書房
燕子已快從南方回來
媽媽不要哭

菩薩是不懂的哇
卜者也測不出腳下的路有多長
媽媽不要哭

砲聲總會停止的
而現在我們必須擁抱戰爭
媽媽不要哭

樹葉還會落盡
今年的秋裝不用剪裁了
媽媽不要哭

沒有名字的小墳長滿了野草
雲的棉絮已夠禦寒了
呵！媽媽不要哭

〈媽媽不要哭〉這首詩，是已故詩人沙牧於民國四十六年駐紮在金門大膽島上寫的，

「附記」中說，在他所住碉堡約五十碼的地方，有一無名塚，那長眠在小墳中的也是一位為國捐軀的陌生弟兄。有一天他默坐在小墳前，忽然念及這無名塚中也是一位母親的愛子，和他一樣，有一天他也會是這樣睡在一個不可預知的什麼地方。他悲從中來，就寫了這首詩，慰藉這位無名的亡魂，和天下某些不幸而仍懷著「望兒早歸」的母親們。收在沙牧唯一的著作《死不透的歌》裡的這首詩，不知讀過多少遍，尤其到了每年的母親節，我便想到這首詩，這首沒有標明反戰，卻寫出戰爭多麼殘忍的詩。

我認為戰爭最殘酷的一面，不是生靈塗炭樓舍為墟，而是這些事實不知粉碎多少母親脆弱的心靈。那些什麼子母彈（多麼諷刺的屠殺工具）、阿帕契直昇機、A十攻擊機所直接命中的不是有形的官廳、巨廈、機場、兵營，而是母親們那種求告無門，求神不語的無助眼神，使她們對這世界的所有仰賴和微薄希望全部破滅。

「砲聲總會停止的／而現在我們必須擁抱戰爭」這兩句詩，證實了人們的無奈，更點出戰爭永在循環不已，尤其在「以戰止戰」的愚蠢報復教條下，戰爭成了振振有詞的必須。二〇〇三年的美國攻打伊拉克，藉口伊國總統海珊擁有可毀滅全世界的化武，而逕自出兵，激起了普世的反戰怒潮。美國的詩人們幾乎全站出來寫反戰詩洩憤。在一個新聞的「反戰詩網站」(poetry against the war)，一夜之間就收到一萬三千首反戰詩。美國第一夫人為了支持布希的攻伊，卻另組「參戰詩網站」(poetry for the war) 對抗，結果由於聽說反戰詩人要帶他們的反戰詩到白宮，趕快把這個主戰網取消。反戰詩人已經出版了一本二百頁的《反戰詩選》，臺灣在美國的詩人非馬已有一首詩選入書中。第一夫人不也是人子之母嗎？她應站在悲憫母親這一邊。

應該說凡屬做母親的都一定反對戰爭。以色列是一個無日不有戰爭的國家。以色列卻有一位女詩人阿達・阿哈羅麗 (Ada Aharoni, 1993–)，多年來呼籲世界上的詩人們反對戰爭。她寫了很多反戰詩，其中有一首題為〈你所知道的媽媽們〉，她在詩中尊稱母親為「這世上的和平保護神」，她說：

你所知道的媽媽們
很久很久以前
就已被種種人性的信條和需要
所明智的律定

尊稱為家庭的和平女神
透過子宮和鮮血，她們
毫不吝惜地付出健康和生命

而她們都相當地成功
那些家庭和平之神的母親們
她們已經以她們的智慧
她們的意志力和微笑
以及溫情的語言和顧盼的雙眼
平和親密地保衛她們溫暖的家庭

媽媽們的力量無疑勝過一場核戰
或者比一次毀滅性世界大戰更保命
即使比一場小規模區域性的戰爭

死掉一兩百萬人更能維護安寧
如此為何不讓母親們
成為這世上的和平保護神
確保我們的情況不會更壞
而且這些母親們可以隨時效命
甚至你可以在敵營找到她們

你看那些人把我們這藍色星球
搞得這麼可怕的一團糟
你是現在唯一可以救贖我們的人
你是唯一真正了解
如何保護你的受驚的孩子
他們正悲泣這被戰爭蹂躪生病的世界
媽媽！你是當今唯一可以拯救這世界的人

將它撫慰在你溫馨可愛的臂彎吧……

以色列女詩人寫〈你所知道的媽媽們〉，尊稱母親們為「這世上的和平保護神」是有原因的，因為就是由於她這兩個孩子的母親的努力，才結束埃及和以色列的十年世仇，達成中東地區性的以埃和平。原來阿達．阿哈羅麗原係在埃及出生的猶太人，到她十四歲時才遭埃及放逐移民以色列。但她對於出生地始終懷著一份難捨的感情，尤其對童年玩伴，一個名叫卡菊亞的回教女孩懷念最切，她寫的許多詩都是以卡菊亞為傾訴對象。一九七七年以埃交戰打得激烈，她忍不住寫了一封信和一首詩寄給埃及總統沙達特夫人和她童年女友卡菊亞。她說大家既然以往都是親密的友伴，沒有任何理由現在和將來會不是。她希望以埃雙方放棄成見，重新友好，尤其她對卡菊亞說，她的兒子馬上就要入營當兵了。如果以埃的和平條約再不簽訂，她們兩人的兒子就會在戰場遭遇，眼睜睜打個你死我活，她認為這不是她們童年在一起時為兒女們所安排的「光明」前程。她的信和詩感動了沙達特，終於簽訂了「大衛營和平協定」，還到以色列的國會去發表演說，講詞中有一句「讓我們把和平的詩篇演變成真」，所謂的「和平詩篇」即是女詩人寫給卡菊亞的詩。

阿哈羅麗以詩來敉平兩民族之間的間距，以埃兩國從此和平相處，再也沒有戰爭了。

這個媽媽豈不是世上的一個「和平保護神」嗎？

輯二

我為詩狂

我為詩狂

我有一首詩藏於我的心裡
我輕輕捉一枝筆
我的詩又不在筆裡
我的詩又無所不在
像一面鏡子似的

前面這首五行詩的題目是〈鏡〉，是三〇年代一個叫開元（沈啟無）的詩人寫的。開元曾經和名詩人廢名（馮文炳）合出一本詩集《水邊》。集中收廢名詩十六首，他的名詩〈海〉即收在此集中，詩的最後兩句「善男子／花將長在你的海裡」，頗有禪味。開元有詩十七首收進集中，而且書的代序〈懷廢名〉一詩，也是開元所寫。當時（一九四〇）

廢名已隱居湖北黃梅老家多年，所以開元在序詩的前面特別註明「印這詩集是一個紀念」。廢名的名氣很大，開元則查不出底細。就詩論詩，開元的詩實在不低於廢名多少，像這首〈鏡〉真是清明有味，語淡意深。說出了詩之難於捕捉，難於尋覓，看似藏在這裡，卻又不在，看似到處都有詩，卻又像看一面鏡子樣似有卻無。寫詩的人總是在捕風捉影似的遭受自作自受的折磨。

不過寫詩雖是一種精神折磨，喜好詩的人卻似乎都有甘願被虐待之勢，一旦寫上了癮，便雖萬死而不辭，而且苦中有樂，趣味盎然。我就寫過一首短詩，題名〈詩趣〉：

想起來就無聊
詩還不知躲在那裡發呆
手就拎著筆
四處身體翻攪
結果，腳和鞋子都走失了

詩的要來不來，想寫卻又不知從那裡下手，從何處切入，真是會讓人手足無措，做些無聊的動作。譬如德國大詩人席勒 (Schiller, 1759–1805)，就總是打開抽屜，聞一聞裡面的爛蘋果味道，便會源源刺激他的靈感。英國詩人拜倫 (Byron, 1788–1824) 寫詩是去找一位粗野的具動物性的女人在一起，詩就寫得很順利。而美國現代詩人史耐德 (Gary Snyder, 1930–)（據說二〇〇三年曾來臺北參加國際詩歌節）則是跑出戶外流一身大汗，回來沖一個涼，詩便會來報到。

有人為了尋詩，還寫得犯了病。福建有位非常年輕的詩人名叫歐亞，在他寫的一首短詩〈接近〉便透露出：

詩人寫詩
寫到眼睛痛
眼淚不由自主地
下來
模糊了詩句

他內心一陣激動：
自己已經接近了荷馬

荷馬（Homeros）是古希臘時代的盲詩人。寫過《依利亞特》（*Iliad*）和《奧德賽》（*Odyssey*）兩部西洋經典史詩。歐亞說寫詩會寫到眼睛痛，流眼淚，激動得以為自己已經接近了荷馬，會像荷馬一樣把眼睛寫瞎，當然有點自我反諷的味道。其實荷馬的眼睛是不是真的瞎了史書上並無肯定的記載，但他是文盲倒是真的。他的詩是用口誦出來的，並未借助於文字。成書是旁人把他的口誦記錄了下來。但是我們平常所說的「寫詩」，並非全指執筆那段時間，想寫詩時也會想得兩眼發直，喉乾舌苦。尤其現在的電腦書寫，創作者兩眼瞪著螢光幕，手敲鍵盤，豈只眼睛會痛，脖子還會發痠。但是只要到任何一個現在的詩網站去瀏覽每日貼上去的詩產量，便可知道有多少人在甘之如飴的為詩發狂。

寫詩真的是那麼苦中作樂？詩真的是滑溜得像泥鰍樣難以捕捉嗎？但也有不以為然的，清代詩人袁子才有首〈遣興〉說：

但肯尋詩便有詩
靈犀一點是吾師
夕陽芳草無情物
解用都為絕妙詞

可見詩是到處都在的，就看你肯不肯下功夫尋覓，肯不肯動腦筋去苦思，會不會活學解用，一切絕妙好詩都必須通過這道過程才得以誕生。

詩人的頂上功夫

理髮匠的胰子沫
同宇宙不相干
又好似魚相忘於江湖
匠人手下的剃刀
想起人類的理解
畫得許多痕跡。
牆上下等的無線電開了
是靈魂的吐沫。

上面這首〈理髮店〉是三〇年代名詩人廢名於一九三五年所作，曾選入由聞一多主編的《現代詩鈔》，廢名的詩與同時代詩人的藝術個性殊異，是個敢於作怪、敢於創新的詩人。他是新詩人中一個異數。據卞之琳先生說，廢名的鄉土氣很重，相貌奇特，闊嘴大耳，剃和尚頭，衣衫不檢，有點像野衲。從所寫此詩來看，用胰子沫（即肥皂沫）塗濕髮根，用剃頭刀去刮，不免劃破頭皮，倒真極具臨場感。只是每個動作後的聯想非常新，而且相當具跳躍性，是頗為現代，甚且朦朧的。

像〈理髮店〉這樣的詩，古詩中是不會出現的。古時的文人認為像剃頭、搥背、挖耳朵這種所謂下九流行業，是不屑入詩的。頂多會為理髮店的門口寫副對聯應景。譬如：「雖然毫髮生意／卻是頂上功夫」；或者會很寫實的寫下：「暮暮朝朝，剃剃洗洗梳梳／停停歇歇，刮刮挖挖敲敲」。只有蘇東坡大概是取笑和他極要好的佛印和尚吧，為一家剃頭鋪子寫下的對聯是這樣子的：

日落香殘掃去凡心一點

火盡爐滅常把一馬來拴

這副對聯其實是個詩謎，此聯即是指「禿驢」二字。「禿」字是香字去掉日，凡字中間去掉那一點而組成。而「驢」字是爐字去掉火旁，易一馬字。二〇〇一年我們去敦煌旅遊，在戈壁灘上一座搭就的古城（拍電影用）街道上的理髮店，就掛了這副對聯，讓我們猜得頭髮都掉了一把，才知這是蘇東坡的遊戲筆墨。

民國以後至今，理髮店越開越摩登新式，理髮已開始叫美容或整容。一位名叫汪銘竹的詩人，曾在抗日戰爭初期寫過一系列反映戰時生活情況的詩。他於一九三九年寫過〈理髮店中小唱〉，一九四一年寫〈在修容室中〉。兩首詩均只有八行，卻都精采有趣。〈在修容室中〉是這樣寫的：

昔聞古印度有毀容者
今乃有修容之室
學面壁一小時，一睜眼
我有了新的悟解

看滿地落下長短煩惱
但奈何我心中之煩憂仍滋生
吁！世界正衣敗絮行乎荊棘
焉得并州快剪刀

此詩在寫修容室中的感慨，俗有所謂「三千煩惱絲」之說，但頭上煩惱絲雖可剪落，心中煩憂卻又滋生，如何是好？值此世局正處「衣敗絮行乎荊棘」的惡劣環境下，希望有并州快剪來清除一下。并州在今山西太原市，以產剪刀聞名。杜甫在題王宰的畫山水圖歌中有「焉得并州快剪刀，剪取吳松半江水」之句。汪銘竹先生借用了這個典故。汪先生著有《紀德與蝶》詩集，曾受教於宗白華、方東美諸大師。來臺後四十餘年卻不再言詩，於一九八九年過世。

臺灣的理髮業素稱發達，而且門面裝潢不斷日新又新，最惹人厭的當在理髮廳的門口或豎或掛有一三色圓柱燈，中間且走馬式的轉動，顯係由西方傳來的理髮業商標。瘂弦早在一九五八年即有〈三色柱下〉一詩寫這種老行業新打扮的盛景：

理髮師們歌唱

總是這樣的刈麥節
總是如此豐產的無穗的黑麥
總是於烟士披里純的土壤之上
收割，收割
南方的小徑通向耳朵

且也是一種園藝學
一種美
一種農村革命

一種不遜於希臘的雕塑趣味

理髮師們歌唱

瘂弦此詩純以生動的現代意象語言取勝。他把理髮師們的頂上功夫，看成是一場刈麥節，且把各種髮式的梳理看成是園藝學，一種農村革命，而且操刀執剪的理髮師工作得輕鬆唱歌。這是純就理髮而當理髮，不加任何外在的風雨驚雷，連「下等無線電的靈魂吐沫」也聽不見。確實是早年臺灣社會樸實無華的寫照。要是而今的觀光理髮廳聲光電化之外，還有色情按摩服務，豈止靈魂會吐沫簡直會出竅，只是有誰個詩人再寫理髮這種詩呢？

詩文中的臭蟲

文章中錯別字難找，寫文章的人常常因誤寫誤用文字而惹禍，而出紕漏，從古到今，罄竹難書，現在說一個比較新鮮的外國故事：

英國倫敦泰晤士河上一座新橋落成，維多利亞女王為落成典禮剪綵後，第一個走過新橋，這本應是一件很光彩的事，尤其對英國皇室言。第二天倫敦《泰晤士報》在報導這件新聞時卻把「走過」一詞 pass 印成了 piss。這 ai 之差的一錯，卻錯成了「維多利亞女王在新橋上『撒尿』。」當發現這一荒唐的滔天大錯時，報紙已經全部印成，就待分送和發售。報社只好將校正後的報紙單印一份送給女王「御覽」，總算暫時瞞過了皇室成員，沒立即釀成風波，後來怎麼樣就不知道了。

在臺灣，由於圖像文化的盛行，年輕人都去看圖畫書，看電視劇、錄影帶去了。在接受知識和學習生活修養方面，都把文字擱在一邊，連思考也像 MTV，根本不知道所謂文化的典律都是靠文字傳承。因此現在的一個大學畢業生隨便寫幾行字都會別字連篇，成語濫用。二〇〇二年大學基本學歷測驗的一篇作文是一段情書式的文字，故意寫得令人啼笑皆非，錯誤百出，以測試學生的辨識能力。名詩人渡也乃彰化師大中文系的名教授，大概是看到e世代中文程度已沉淪得太不像話，最近便寫了一首詩〈毀人不倦〉以諷刺之。詩是這樣發展的：

學生表示對寫字很有性趣
錯別字在答案卷作業簿週記
啊，借用學生の話
垂手可得

有些錯別字都感到
粉不好意思
甚至錯別字都發現

身裁，外貌已走樣
　無遠佛界
　（離佛界不遠）
　近默則黑
　（真是汙辱不說話的人）
不自由，毋寧死
（自己得不到自由，
　　　要媽媽去死）

有些錯別字則仍無自覺
仍不客氣地
躺在回潰社會學問淵薄
躺在潛移墨化天生蛀定之中

這首詩中故意安排的錯別字和被錯別字扭曲意思的成語，都是日常所見，俯拾即是的範例，其中還夾雜有青少年次文化口語，如「粉不好意思」，看後令人覺得我們固有優美的語文，已被顛覆得面目全非。怪不得二〇〇二年的中科院院士會議上，有學者提議在基本學歷測驗中恢復作文考試，更有人主張規劃「中文可以更好」書系，以提升普遍衰落的中文讀寫能力。

我的朋友（不是胡適之）司馬特先生既非中文教授，也不是語文專家或學者，他只是一個工作達三十多年的資深校對。我和他曾在一家報紙的編輯檯比鄰而坐多年。我本二尺半出身，讀書不多，我而今還能差強人意的讀寫，都是那幾年的共事向他補習而來。他真可以稱為一本活字典，任何文字的疑難雜症都難不倒他，他家裡還收藏有一整面牆的古今中外各種字典。他為中文文字打拚了一生，為匡正錯別字他使出渾身解數寫了好幾本專門研究字詞語的專書。他曾義正辭嚴的說：「找出一個錯字，其重要性，不亞於總統簽一項重要文件。」二〇〇二年他又發狠寫了一本最獨特的書，取名《錯別字出列》。他知道，錯別字絕對不會自己站出來承認自己是錯別字，即使去抓，像啄木鳥一樣用尖嘴去啄，錯別字也會隱身躲藏，或以假作真。司馬特現在叫它們出列，他將常用的詞語，人名，地名，成語，名句，全部按注音符號的次序排排站，各標明其正確和錯誤，並加以說明，讓錯別字無所遁形。這是一種最原始、最樸素、最容易見真章的好方法。用這種簡單明瞭的方法，真的「中文可以」更好。詩人渡也那首指責錯別字氾濫的詩，如用《錯別字出列》方法去驗證，馬上可以把詩中的bug（臭蟲）一網打盡。

詩的蛙鳴

寂寞古池塘
青蛙躍入水中央
撲通一聲響

這是日本詩人松尾巴蕉的一首俳句，公認是「詠蛙」詩中的精品。此詩有好幾首中譯，譬如「古池／蛙落／水之音」以及「老塘／撲通一跳／一隻青蛙」，前者譯得凝鍊古典，後者譯得直接白話，可都不合日本俳句的十七音規格。所謂十七音即是俳句須按五音、七音、五音三個長短音節組成，如純按日文原文譯成中文，即會形成前述兩詩那種光是幾個詞彙組合的非詩形狀。由於我們漢語是單音節，在譯日本俳句時，必須將日文的五音七音五音改為五言七言和五言，這樣讀起來才像一首中國詩。前引這首「詠蛙詩」

即是五言七言五言的組合。瑞典漢學家馬悅然 (Goeran Malmqvist, 1924–) 先生寫了很多俳句，都是按照五言七言五言的漢俳規格寫成。他的一首「詠蛙詩」是這樣寫的：

冬天的池塘
蛤蟆呱呱的聲音
也冰凍了麼

歷來我國詠物詩中，草蟲、鱗介類入詩的很多。詠蟬、題魚蝦螺蟹的都有，獨獨青蛙少有人為牠寫詩。我所知有限，倒是找到獨夫毛澤東在他十七歲時為應高等小學入學考試作文試題「言志」，寫過一首七絕名為〈詠蛙〉，才知青蛙也能入詩，而且氣勢不凡：

獨坐池塘如虎踞
綠楊樹下養精神
春來我不先開口

哪個蟲兒敢作聲

我鄉有句諺語：「人看跡小，馬看蹄爪。」毛澤東十七歲即有這種龍盤虎踞、唯我獨尊的大志，後來他能讓「無數英雄競折腰」不是沒有原因。

青蛙入詩有狀其形者，也有寫其聲者。東吳大學教授林建隆有寫蛙詩三段，都是狀其形者。譬如其第一段：

春雨的池塘
荷葉上端坐
一尊碧綠的佛

又譬如老詩人文曉村的《群蛙論》，其中的〈田蛙〉一詩即有意說出與眾不同之貌：

我們沒有翅膀

和雞和鴨和鴿子
絕對不是同類
要問　請問莊稼人

至於聞聲而寫蛙者就特多了，管管寫過一首〈蛙鼓〉，說是青蛙用聲音敲他的門，請他明早去池塘聽荷花說法。把蛙與池塘和荷花以及佛的蓮座扯上聯想，非常適合。女詩人小蝶家居臺南關廟鄉的荷塘邊，她用〈蛙唱〉一詩道出了失戀者的苦悶：

我棲息的池塘
入夜
就被寂寞佔領
我不斷大聲歌唱
企圖突圍

總在你離開我以後

可以看出前面寫蛙的各詩都與池塘水澤脫不了關係。我在剛搬入我這已居住十五年的公寓時，屋在臺北近郊的山溝邊，前有一長列菜圃。每到夜晚蛙聲不斷，擾人難以入眠。我非常氣憤，心想如再這樣吵鬧，定要送你一首詩譴責之。但這是無稽的，青蛙怎能懂得你的什麼詩。其時正值臺灣剛剛解嚴，街頭運動興起，無日不有示威遊行喧囂吵鬧，真正像是眾蛙齊鳴，卻都是各說各話。於是我乃藉景生情，寫下〈午夜聽蛙〉一詩。這首詩我以三十二個否定式的辯證意象，一連串的「非」了下來，意即似此群吼亂叫，其實無一是處：

非撞針與子彈交媾之響亮
非酒後怦然心動之震驚
非荊聲

非楚語
非火花短命的無聲噗哧
非瀑布冗長的串串不服
非梵唱
非琴音

這首詩曾經由當年的一位平劇武生，以翻滾蹦跳的身段在一場朗誦會上演出，獲得極大的好評。這是民國八十年左右的事，八年後，我對蛙聲的感受，得出了一個新而有力的結論，那就是我的短詩〈蛙鳴〉所寫的：

大聲說話
企圖把所有貪睡的蟲蟲
都鼓動起來
造反

總是在
天地曖昧的
時刻

確實。世界上所有的喧囂吵鬧都是在情況晦黯、是非不明時，乘機鼓譟，企圖使大家都不安寧。原不只是無知的青蛙呵！

詩與蒲公英

把一生
一生中最美好的部分
嗶嗶落落的
隨風散盡之後
就擁著光禿的自己
淨看
他人的形形色色了

就知道
就知道自己

只是大地任何一角
最最微不足道的
一株蒲公英
曾經努力生活過
也有小小的付出

這是我在幾年前寫的一首詩〈蒲公英〉，無非是藉蒲公英這種卑微的植物，飄到哪裡就在哪裡落地生根，開花結實，然後又讓種子隨風飄到不知何方去繼起自己的生命，我藉這種對生存執著的形象，來道出卑微的自己也是這樣平平淡淡，不忮不求的度過一生。這首詩我曾以手稿的真跡印在我的一本選集前面，不久被一位專研病理的作家，引用在她談「躁鬱症」經驗的著作裡，據說曾引起很大的回響，很多人都很看得起我這首寫淡泊人生的小詩。

蒲公英也就是閩南語所稱的「苦妹兒」，矮矮的一株小莖上，開出一朵小小的花絮，經風一吹，即使是落在岩隙或荒瘠的沙地，也都能存活下來。蒲公英雖小，小到弱不禁風，但它的強韌的生命力，正代表著一種永續無窮的希望。大陸一位無名詩人便以四句小詩寫出蒲公英這種小生物的生命特質：

生長的
是希望的種子
吹去的
是種子的希望

不是麼？小小的蒲公英不也一直在「創造宇宙繼起的生命」。

蒲公英的取名據說也有一個美好的傳說，是說一位富家的千金，因久病無法治癒而厭世跳河，適巧被正在捕魚的一位老漁夫救起，老漁夫用一種類似繡球花的植物醫好這位千金小姐的痼疾。小姐回家後便種下這種會開花的草，因為救她的漁夫姓蒲，就稱它為「蒲公英」。亞洲地區每兩年舉辦一次「亞太蒲公英音樂節」，即是用來鼓勵那些身心障礙者，要像蒲公英一樣有著堅強的生命力，在任何艱巨的環境下有向命運挑戰的勇氣和毅力，勇敢的活下去。旅美詩人非馬也以詩寫出蒲公英這種不屈生命力的激昂，他說：

天邊太遙遠
蒲公英
把原始的遨遊夢
分成一代代
去接力
飛揚

對人而言，遨遊天地，征服遠方永遠是一件不容易的事，對身體不方便的人而言更是遙遠。那就學學蒲公英這種分代接力的方式去完成我們的夢想吧！主要還在我們都曾努力生活過，不管生命多卑微都曾有小小的付出。

詩人的魯迅印象

醉眼矇矓上酒樓
徬徨吶喊兩悠悠
辭盲竭盡蚍蜉力
不廢江河萬古流

上面這四句詩是三〇年代作家郁達夫對魯迅的描繪。郁魯是同時代的文壇風雲人物，雖思想迴異，個性不同，但私底下都相互尊敬。據郁達夫說當年魯迅向《申報・自由談》投稿，都是他向主編黎烈文推薦的。上面這首詩是一九三五年一月初，郁達夫和王映霞自杭州到上海，由良友圖書公司總編輯趙家璧在「味雅齋」設宴款待，請魯迅和夫人許廣平作陪時，郁達夫有感而寫下的。詩雖短，卻藉魯迅的著作，道出魯迅的心境。這首詩的原稿現仍收存在紹興的魯迅故居，和魯迅自撰的〈庚子送灶即事〉一詩並列在一起，詩曰：

隻雞膠牙糖
典衣供辦香
家中無長物
豈獨少黃羊

從這首詩也可見魯迅當時的貧困。年三十送灶王爺上天還得典當衣服才買得起上供的幾支線香，吃不腥羶的黃羊肉更是不可能了。

魯迅是個獨立不群的知識分子，一生以改造舊中國為使命。由於自承敢於「橫眉冷對千夫指」，所以他的那幅尊容是始終非常嚴肅，不快樂且令人生畏的。後來的人對他的印象無不從他的動作表情著筆描寫。四川的《星星》詩刊上曾有一位年輕詩人趙哲權寫他心目中的魯迅。他說：

認得你的名字
是在版畫上在雕像上
那一荐鬍子
是刺痛寒冬的野草
還有牛、在課本上
耕耘夢中的春天
如槍一樣
不離手的是那隻煙斗
煙灰掉下去
黑夜
便被燒穿
一串窟窿

此詩中的「野草」是魯迅一本散文詩集的名字，詩中暗喻連連的諷刺當年北洋軍閥的無法無天。至於手執煙斗的形象，被形容成放槍一樣，給黑暗燒出一串窟窿，更是在強調魯迅不屈的反抗精神。

一九九二年秋天我到上海，在當年尚掛有「禁止中國人與狗入內」告示的虹口公園，看到為法國梧桐護衛著的魯迅雕像，高聳挺立的坐在那裡，煞是壯觀。我看到一批批的日本觀光客在那裡拍照致敬，心中感慨萬千。後來我寫了〈虹口公園遇魯迅〉一詩：

談笑間、有人說
到了虹口公園
只一眼就瞥見
濃髭下那張憨氣的嘴
橫眉下那幅
緊繃的臉

當下或當年，該說的

你是再也說不出口了
說出的、已都具化成
中國永遠晦暗的
雲煙

誰說百年孤寂
就在你身邊的法國梧桐下
阿Q・孔乙己・七大人・祥林嫂
子子孫孫
還在圍著你
指指點點

而那隻趙家的狗
東聞西嗅後

竟敢在你背後
開放地
隨地小便

後來我到大陸看到其他各地豎立的魯迅雕像，無一不是一個模樣的「憨氣的嘴」和「緊綳的臉」，像是仍然坐在那裡和人鬥氣的樣子，看來他仍非常失望，整個中國並沒有因他的矢志改造，而有所改變。他書中點名的那些人物連趙家的那條狗都仍活躍在人間。也許魯迅過世後，朋友送他的輓聯，最能痛感中國少了魯迅的損失。劇作家姚克和美國友人斯諾合送的這幅輓聯便是這樣寫的：

譯著尚未成書，悚聞隕星
中國何人領吶喊。
先生已經作古，痛憶舊雨
文壇從此感徬徨。

禪詩可悟而難說

——兼談《八月雪》中傳法的一幕

淨地何需掃
空門不用關

上面這兩句詩是福建泉州開元寺一入山門便可看到的一副對聯。開元寺建於西元六八六年，約為唐中宗時武后臨朝時的時代，是一座古剎。這兩句詩也是嵌名聯，兩句詩中的第一個字「淨」與「空」，正是早年一位住持的名字。此聯即是由這位淨空法師所自撰的。這兩句詩充滿禪意，任何人一看就可了解其普遍真理，但不是任何人都能有這種悟性而形之於文字，怪不得每天成千上萬的進香客一踏入山門便會駐足仰觀，然後都像得到某種啟示樣進入寺中瞻仰膜拜。這兩句詩既強調了佛教勝地的莊嚴，也闡釋了佛門子弟應具的空性。

像這種有悟境的禪詩也稱作偈。禪宗史上最有名的兩首偈是禪宗五祖弘忍傳法時所引發出來的。最近華裔諾貝爾文學獎得主高行健自編自導的現代戲《八月雪》，便在〈東山法傳〉一幕中演出了這兩首偈的來龍去脈。五祖弘忍禪師見很多信眾來寺廟求佛，乃要求各作一偈來見，如有人領悟佛法大意者，就把衣缽相傳作為禪宗第六代傳人。眾門徒一聽個個茫然，不知所措，大家指望他們的首席老師神秀能作一偈交卷。神秀也暗自苦惱，自己是五祖的大弟子，若作不出這偈，宗師又安知他學佛的深淺，豈不也得不到正法真傳。於是在深夜中苦思得到靈感，乘人不曉，偷至法堂粉刷一新的牆壁寫下了：

身似菩提樹
心如明鏡臺
時時勤拂拭
莫使惹塵埃

第二天老宗師弘忍發現此偈，乃問神秀是否他所作，神秀上前叩首，自承是他所作，但求老和尚明示是否已識得佛法大意。弘忍答道：「還未入門，剛到門口。」要他靜心再作一偈，入得了門，便將衣缽相傳。此時一個在碓房舂米的小沙彌叫慧能的聽到有人唱「身似菩提樹，心如明鏡臺」，便停下踏碓前來問一沙彌唱的是什麼。沙彌說這是老宗師要大家唱的神秀寫在法堂牆上的偈頌。慧能走至法堂見牆上果有幾行字，便問法堂上的沙彌是什麼經文，並問是否能替他這個粗人代筆也寫上幾句。沙彌把牆上的偈解釋給他聽之後，便照慧能的口述寫下了四句：

菩提本無樹
明鏡亦非臺
本來無一物
何處惹塵埃

從這兩人的偈作一比較，便可知慧能的境界比神秀高明許多。慧能已能直悟本心，摒棄了物我相執的觀念，而真正進入《金剛經》中「應無所往而生其心」的境地。而神秀則仍有物我相執的比較，尚未了解「色不異空，空不異色，色即是空，空即是色」的空性所在。可以說慧能的偈是心靈透徹的頓悟，神秀則是平日漸修的心得。弘忍獲悉後乃深夜至碓坊召慧能入室，親授以衣缽，且告訴慧能「自古傳法，命若懸絲，汝當遠隱，俟時行化。」並親自打開寺門，讓慧能歸隱而去。

這「依偈傳法」本乃禪宗公案中最主要且最關鍵的一段，也是高行健所編《八月雪》一劇中最應著重的一幕，可以說無此傳法的過程，顯不出慧能的高超智慧，更不會有此劇的編寫，理應將兩人試筆較勁的過程作扣人心弦的演出。但戲劇究竟只是一種平面的表現，而禪理則直觸人心，只可悟及，不能道出。因此此次演出的場景，也像其他重要場景如「風幡之爭」一樣只是輕描淡寫的一閃即過，並未造成動心的效果。究竟六祖慧能是個充滿傳奇色彩的高人，短短的幾幕戲那能道盡他一生複雜萬分的行徑。

詩本出自天然

寫新詩的人是很不幸的，說成是瘋子或狂人已經夠客氣，說這些人是因為文章寫不好，才去寫可以不通的詩，才更傷人，就像二〇〇一年四月在英國教書的趙毅恆教授批評詩怪李金髮是「不會寫作，才會寫詩」一樣的殘忍。「不會寫作，才會寫詩」原意當然是貶抑詩人的，不過這句話如果把「不會寫作」解釋成了一個「才會寫詩」的前提，意思便完全改觀了，可以足見寫詩的人有異常的秉賦，他們並不需要通曉為文之道，便可寫出詩來，甚至識不識字都沒有關係。我這裡並不是故意要扭曲這兩句話的原意，而是有一些寫詩人真的是沒有什麼學問底子，而他們寫出來的詩卻震鑠古今。

就以二〇〇三年《八月雪》一劇彰顯的六祖慧能為例吧。慧能大師出身寒微，三歲喪父，由寡母撫養，及長，家猶貧寒，一直靠打柴養家。這樣的家世，當然是沒有什麼學問底子的。故而當神秀為爭取傳宗衣缽而在法堂牆上明志題詩時，在碓房舂米的慧能，看到牆上黑麻麻的一片字並不太認識，而是靠旁邊的人唸給他聽，才知其意，但慧能反應很快，旋踵即口誦一詩請旁邊的人幫他寫在牆上，詩曰：

菩提本無樹
明鏡亦非臺
本來無一物
何處惹塵埃

慧能這首詩比神秀那首物我相執的詩境界要高出許多，由此便獲得了五祖弘忍的衣缽本傳。可見慧能不會寫作，也會作詩，而且作得超越前人，成為經典。

唐代女皇帝武則天在未入宮前，是個有男孩般剛毅氣質的女孩子。她獲得皇帝的青睞是做了宮女後，一次隨太宗騎馬出遊，太宗的座騎野性難馴，武則天自告奮勇，要了皮鞭和匕首將馬馴服，她就是以這種過人的膽識而獲得太宗的賞識，而在後宮當了一名管理皇上寢宮的才人。這種閒得無聊差事，使她覺得必須多讀點書，學著寫點詩文，才能贏得皇上的親幸，乃努力研讀「四書五經」、諸子百家，也開始寫起詩來。她一首寫她當時宮廷生活的詩〈如意娘〉，據說連李白聞之也「爽然自失」。武則天的〈如意娘〉是這樣寫的。

看朱成碧絲紛紛，
憔悴支離為憶君。
不信此來長下淚，
開箱驗取石榴裙。

據《柳亭詩話》說，李白在作樂府詩〈長相思〉：「昔日橫波目，今作流淚泉，不信妾腸斷，歸來看取明鏡前」時，一旁的一位婦人看了就說：「你未曾看過武后的詩嗎？人家寫的是『不信此來長下淚，開箱驗取石榴裙』」。李白聽後覺得自己寫的「明鏡前」頂多只能看到因相思而憔悴的容顏，卻看不到曾經流過的眼淚。而武后的詩卻表示你若不相信別後我為思念你而流淚，請看紅裙上至今仍留有斑斑淚痕吧，武后為流淚拿出了物證，既生動也落實，李白自然覺得自己的詩實不如武后。武則天本非才女，發憤讀了幾天書，就寫出讓李白也折服的詩，可見詩是出自天然，並非得諸學問。

根據《宋書》上說，有一位老將軍沈慶之「手不知書，目不識字」，世祖皇帝卻逼他作詩。沈慶之不敢抗旨，就對一旁的宰相顏師伯說，你幫我寫吧！於是他順口吟道：「微命值多幸，得逢時運昌。朽老筋力盡，徒步還南岡。辭榮此聖世，何愧張子房。」世祖一聽，詩的內容明白如話，卻也非常貼切他的老臣本色，甚為滿意。問及他詩是怎麼學來的，沈慶之答道：「下官耳學也。」不識字而想寫詩，「耳學」確是一個方法，耳學即是我們所謂的「漂學」。事實上求知，不必全靠書本。耳濡目染只要能抓住要領，一樣能寫詩。

南北朝時有首民歌，叫〈敕勒歌〉。其最流傳的幾句是：

天蒼蒼
野茫茫
風吹草低見牛羊

寫這首樂府詩的作者北齊人斛律金，大字不識一個，他不是詩人，一生就只哼了這首詩，但至今仍有人拿來引用或吟唱。其實很多行吟詩人或民間歌手，多數不識字更不會書寫，但他們唱出來的〈竹枝詞〉、〈江南弄〉，以及祭歌和宗廟樂都能口口相傳，風靡多少代人。大陸現在出現的順口溜，有板有眼，而且十足反映人心。順口溜即是打油詩，寫的人並不要多少學問，聽的人卻句句會心。可見詩只要是真情流露能打動人心即行，與會不會舞文弄墨並沒多少關係，但也並非是那麼絕對的「不會寫作，才會寫詩」。現代詩人由於一心追求創意，故而多用一些象徵、暗示、超現實，甚至蒙太奇等技巧，使得詩比較隱晦，而不讓人覺得率直，因而被人誤會為文章寫不好，才去寫可以不通的詩，這又可以想見太多學問入詩也不是好事。

詩是假設的求證

一棵草
在螞蟻的眼睛裡
努力站成樹的樣子
一條河
在魚的眼睛裡
努力流成奔向海的樣子
一隻鳥
在太陽的眼睛裡
努力飛成光的樣子
我自己

在瘋子的眼睛裡
努力減去一些什麼才會露出人的樣子

這是一首看似簡單，卻透露著極為複雜含意的詩，是由一位大陸青年詩人張忠軍所寫。這首詩極似卞之琳先生寫〈斷章〉一詩的所謂「客觀聯繫法」，寫出人與人之間、人與物之間一些自覺與不自覺都可能互有的牽連。這首詩的題目叫做〈專注〉，可見詩人寫此詩的精神狀態，和推己及物的心情。專注是在排除一切雜念和外來干擾，所有的注意力聚焦於一點時所能發揮出來的思辨能量，唯有如此，詩人才能看出「一條河／在魚的眼睛裡／努力流成奔向海的樣子」；「一隻鳥／在太陽的眼睛裡／努力飛成光的樣子」。這種看似純客觀態度的超現實聯想，其實仍是由主觀思想的投射和企盼所激發，以小窺大，以小圖大，因小羨大其實是普世萬物通有的慾念。「專注」的力道也就是所謂「精誠所至，金石為開」。牛頓因逃避瘟疫跑到鄉下，坐在蘋果樹下發呆，一粒蘋果落在他的頭上，他集中全力苦思為什麼直往下落，不會往上飛去。終於發現了萬有引力。蘇軾是因為一貶再貶，最後貶到不毛之地的瓊州（今海南島），遠離塵囂，更遠離了政治傾軋，從此專心一致以詩書為樂，他的文章便從此突飛猛進，連他弟弟蘇轍也刮目相看，有再也趕不上的感覺。無他，這都是精神專注的效果。

法國超現實主義大師阿波里乃爾（Apollinaire, 1880–1918）曾說：「對詩人來說，一塊失落的手帕可以成為他抬起宇宙的槓桿，一個現代詩人從不鄙棄自然界的任何運動的緣起，他們總是在極為平常的事物中，尋求新的表現。」我們已故的詩壇前輩覃子豪先生也曾說過：「詩是一個未知的探求，是一種假設正等待我們去求證。」有位法國詩論家更直指「詩人是報警的孩子」。可以看出寫詩的人都有一顆超脫世俗的好奇心，詫異心，就和天真未鑑的小孩子一樣，這首〈專注〉的寫成也同樣具有這種好奇心理，所以他才會從瘋子的眼睛裡去尋找他自己。短詩能手旅美詩人非馬，他不但對人好奇，對新事物也好奇。他有一首短詩叫做〈沉思者〉是這樣寫的：

支著腮
思索
如何

支著腮
看電腦
思索

看到這首詩便不由得像看到羅丹那座「沉思者」的塑像，支頤專注的神情。這裡前後用了兩次思索，前面是自己思索，後面是看電腦如何思索，兩相連扣，構成詩思的深度。電腦是由人工智慧所壯大，而人工賦予機器以智慧，使其有比人腦更快速靈敏的反應，幾乎可以上天入地解決人所遭遇和挑戰的各種問題，真是比ALL MIGHT GOD還能百呼百應，但是我們不要忘記這一切成就，仍是自己本身思想專注於一，集中所有各方智慧而成。我們不過是在為自己造福。當代德國物理學家，創量子力學的海森柏格(Heisenberg)曾說：「對自然科學而言，人，再次，遇到的只是他自己。」其實，詩亦何嘗不是如此，只要寫詩的人秉持著像孩子一樣的天真和好奇。

詩好全在火候夠

我願我是一首詩，被人讀了
又被人忘記。正如荒徑上的枯葉，
從前用低昂的綠掌向四方招引
人們驚奇的視線和讚美的話語。
而現在隨同千百萬紛飛的伙伴，
落下來又和大地結合在一起……

讓好心的農夫把我們收集起來吧！
我願我最後的軀殼成軟泥。
能給來年的小春多添幾分暖意。

上面所引這首詩，題目就叫〈我願我是一首詩〉，作者是抗戰時期的青年詩人鄒絳在就讀武漢大學外文系時，發表在校刊上的一首詩。鄒絳曾與人合辦《水星文藝》，並執教西南師大外語系。這是一首以詩來表達自己對詩的看法的詩。他願他自己就是一首詩，和眾多人寫的詩的命運一樣，被人看過又被人忘記，就像荒徑的枯葉曾有過春天的欣欣向榮，也有秋天的枯落大地，最後他只盼望像龔自珍所寫「落紅不是無情物，化作春泥更護花」，化成軟泥為來年的春天多添一份滋養。年輕詩人的意向是非常卑微的，也有理想。我想每個詩人在開始寫詩時，都或多或少有過這種平凡的大志。

然而這種年輕時的平凡大志，究竟是不夠的，想要寫好詩，作為一個成功的詩人，還需一些別的堅持。百歲才過世的冰心老詩人，曾在一本詩刊的前面有幾句題詞：

年輕的時候
會寫一些東西的都是詩人
是不是真正的詩人
要看到他年老的時候

冰心的這幾句話言淺意深，發人深省，使我想起德國詩人里爾克在他的《馬爾他手記》裡，也曾有過同樣意見的點醒。他說：「我們應該懂得等候，懂得花一生的時間採擷靈性和柔情。然後，也許在晚年，我們可以寫出十行算是有價值的詩。」為什麼？他又說：「詩並不是一般人所想像的只是感情，詩是經驗。」經驗靠時間的累積，靠不斷的嘗試和失敗，這是一段非常艱辛的過程。我們的詩壇導師胡品清教授，寫詩教詩一甲子以上，便用詩寫出了〈寫詩〉這種高難度的過程：

詩人周而復始地書寫
以求推開原不該如此的現實
現實周而復始地逼近
像堆上山巔又再滾下的磐石

寫詩原是掙扎
該使出西西夫的毅力

年復一年
日復一日
效果並無法和毅力成正比
西西夫的名字卻是奇蹟

從里爾克的「也許在晚年，我們可以寫出十行算是有價值的詩」，到胡品清的「寫詩原是掙扎，縱然使出西西夫推石上山的毅力，效果卻無法和毅力成正比」，看起來作為一個詩人，想要寫出一些經久耐看的作品，真是不尋常的備嘗辛苦。

然而辛苦和效果無法成正比的原因究竟在哪裡呢？仔細想來原因當然很多很多，也許現時代與我們比較熟悉的詩人所作的觀察能夠針對時弊。二〇〇二年曾來臺的諾貝爾獎得獎詩人沃考特 (Derek Walcatt) 說：「時下詩人不打算寫詩讓人記憶，只寫在書頁上，不打算讓詩離開詩頁進入他人的記憶裡。」沃考特的話是說詩不盡只是寫在紙上的文字，文字是平躺的，無法離開紙本進到別人的腦中。我們的詩人鄭愁予告訴我們的方法是：「詩要離開書頁，其藝術性與完整性得先活生生地站起來。」

清代詩人袁枚曾說：「愛好由來著筆難，一詩千改始心安。」寫一首詩必須千塗萬改才滿意，大概不外也是在求得詩的「藝術性」和「完整性」都能夠圓滿得活生生的站起來吧？否則何必花那麼大的時間和精力。可以肯定證實的是，千改萬改完成的詩必定容易跑入別人的記憶。看來我們寫詩絕對不能急功近利，詩必須靠時間的琢磨才能達成最佳的火候。

詩是不會死的

神聖的繆斯
既然我是你們的
在這裡請讓死了的詩歌
復活過來吧

——但丁《神曲・煉獄篇》

但丁為十三世紀義大利最偉大的詩人、思想家，與莎士比亞、歌德共為西歐文學的三大巨匠。他的傑作《神曲》以廣闊的場景描寫了他的悲傷和希望，憎恨和信仰。前面四句詩是但丁對九繆斯的祈求，認為愛我們的繆斯應該讓死亡了的詩歌復活過來，引領人們走向光明幸福。可見在但丁的眼中，詩歌負有救贖的作用，詩是不能死的。在我們的啟蒙書《三字經》中有「《詩》既亡，《春秋》作」的警語，表示詩是一種安定劑，是一種警魂歌，詩如果亡了就得有「寓褒貶，別善惡」的春秋大義來導正。也可見詩是不能亡的。

也不知詩為什麼這麼容易受到詛咒，隔一段時間便會有詩亡之說。多年以前，名散文家，也是國內知名的同步動力研究專家陳之藩先生，他去聽錢穆先生的演講後，有感的認為像錢穆先生這樣一代的學術宗師，尚且拿前人的詩作自況，居然自己不寫詩表達心境，令他非常失望。於是他把當時那個時代取了一個名字叫做「無詩的時代」，並且很感慨的說：「無詩的時代，是最可憐的時代，天翻了，地覆了，也不能形容於萬一。」當然陳之藩先生所指的「無詩」，並不是指一般泛泛的詩作品，而是一種更廣泛更高層次的要求，他所希望看到的詩是那種能挽狂瀾於既倒的大聲希音；能夠披荊斬棘的驚雷霹電，而居然連代表中國學術良心的錢穆先生也不寫詩，因之他失望的界定這是一個「無詩的時代」，無詩的時代與但丁認為的詩已死亡並無二意，總之這個世界已經沒有了詩。

四〇年代的詩人汪銘竹曾經寫了一首〈死去的詩〉，對詩更悲觀，讀來就像讀祭文，是這樣悼念的：

嵌著雲母石的詩句，
已成為隔世之事了。
如一口乾涸了的淺水潭
再泛不起一朵雲，一片晚霞。

想以人工搧起一陣感情的風，
走來的，卻是無數濃劃的筆觸。

於是踩碎了他們綠色的蘆笛；許多人
埋首雙手中，帶著長短的唏噓。

然而這一切不都是徒然的嗎？
讓其安息吧，一切死去的詩。

好的詩句已成隔世之事，詩已如乾涸了的淺水潭再也照不見雲彩和晚霞，一切挽救都徒勞的這個詩已大去的世界，真是夠悽慘的了。然而詩人對詩的信心是不會這樣隨風而去的。詩的經典的永恆存在，也不是隨便能夠否定。世上儘多對詩追求的詩人，他們深知詩是一座難以登頂的大山，明知徒勞，明知可能出師未捷身先死，但他們仍是前仆後繼的往前衝，像負有某種使命。已過世年高八十四歲的「花叫」詩人彭邦楨，便有這種認知。他在〈詩的定義〉一詩中，便以「詩」的口吻大聲的說：

我相信我是不會死的
我死必在那千年萬代人之後
假如我現在是死去的
那麼詩神沒有為我完成他的任務

我相信我是不會死的
我死必在千年萬代之後

假使我現在是死去的
那麼人類當初為何把我的名字叫「詩」

這首詩曾在彭邦楨的追思會上由新新世代（六年級）詩人林德俊朗誦。他說他非常擁護這種對詩的認知，他們這些初入詩世界的青年人正需要這種精神的提振。詩是普照大地的太陽，偶爾也會被烏雲遮住，但終將雲開見日，大放光明。

認識一位詩人

羊們在夢裡
青草醒著
天空在夢裡
星星醒著
唐詩宋詞在夢裡
詩人醒著

一張久久空白的稿紙
寫滿現代的失眠——
半是食洋不化

半是婚外戀

前面這首詩的題目叫做〈詩人〉，是一位生活在大西北的詩人李雲鵬寫的。很多很多的詩人都曾以自己的這個角色作題材寫詩，每個詩人筆下的詩人都有不同的面貌。西安的名詩評家沈奇選編了一本《西方詩論精華》，其中的第二章「詩人」分為現當代和古典兩部分，引了世界名詩家百餘人，各寫「詩人」這個名詞的定義和看法。有的主觀自大到令人坐立難安。法國大詩人雨果(Victor Hugo, 1802–1885)說：「詩人是人民的啟蒙導師。」美國詩人愛默生(Raplh Waldo Emerson, 1803–1882)更狂妄，他認為「詩人就是說話的人，命名的人。他代表美，他是一位君王。」有人則把詩人看成魔法師，法國的超現實主義詩人皮爾・魏爾迪(Reverdy, 1889–1960)說：「詩人是巨人，但他可以毫不費力地穿過針眼。同時，詩人也是侏儒，但他卻可以填滿整個宇宙。」而我們這位黃土高原上的詩人卻是清醒的，理智的，他看清了現代詩人的通病，在面對一張空白的稿紙上，詩人寫滿的竟是「半是食洋不化／半是婚外戀」的現代詩人產物。他看出這是一種現代詩的病態。詩雖然不能真正「燭照三材，輝麗萬有」，但也不該如此的墮落到變成夢囈連篇。本身是詩人的提出這樣的詩人樣相，足見這位詩人的高明。李雲鵬是西北地區的一位資深詩人，除了著作多部敘事長詩外，另有短詩近千首。但他認為擔任文學雜誌編輯較之做詩人更稱職些。他曾主編西北最大的文學雜誌《飛天》近三十年才退休，他從不對外自稱是詩人。足見李雲鵬也是個非常自制也自謙的詩人。他最心儀的一首寫詩人的詩是阿根廷詩人波赫士(Borges, 1890–1982)的一首只有短短兩行的詩〈一個小詩人〉：

終點就是被忘記
我已經早就到達

李雲鵬說在波赫士這是自謙，但勉強算得上一個小詩人的鄙人則肯定到達了那個「被忘記」的終點。他認為「這沒有什麼好悲哀的。該傳世的毀滅不了。消失的了是應該消失的。這是神示的公允，我信奉詩神。」詩人大抵都愛膨脹自己，能夠像李雲鵬這樣認為「小也是我自己的小」（洛夫說）的非常罕見。

李雲鵬所心儀的詩人是怎樣的呢？他是非常喜歡美國女詩人愛蜜絲・狄金森（Emily Dickinson, 1830–1886）的。他曾在〈讀詩是咀嚼青草〉一詩裡對狄金森是這樣說：

一首詩如嚼青草般
嚼出綠汁來的
只有我

因為一生憂鬱的狄金森曾有意要栽培一畦三葉草，創造一片草原，引來蜂蝶。李雲鵬認為自己是同樣憂鬱的一個詩人。

但是，他有一首〈也是一種飢餓〉卻具體的勾勒出了一個他心目中詩人該有的形象：

我認識的那位詩人／有好些日子不寫詩了
他筆下那條一向豐滿的河／不再有凝重的傾訴，我因此悲哀了好久
我從不在與詩不相配的名冊中／尋找他的名字／尋找他呼喚他的名字／不須走上
某個高地／也無須高聲／無須高聲／即使在低窪之地／那名字也會亮亮的／走近

你的身邊
我從不在某一類詩中尋找他的詩／他的詩頑固地與贗品無緣／或喜或悲都卓爾不群／都有你無法不珍重的／蚌珠似的品格
我是在一個陰霾的早晨認識他的／他的詩使我晴空萬里
如今每在飯飽之後／我就覺得十分飢餓／——我認識的那位詩人／有好些日子不寫詩了
我的案頭山疊著太多的詩刊／都有一塊重要的留白

這首詩寫出的詩人的形象，並沒有定下什麼高規格。只是從來不會在與他不相配的名冊中找到他，他也頑固地與贗品絕緣，沒有讀到他的詩便會覺得飢餓。這就夠了，一個詩人能夠這樣與眾不同，這樣受人重視。我想李雲鵬即使尚未到達這種標準，能夠寫出這種詩人的特質，也庶幾乎近之。

三聲咳嗽

他只不過咳嗽一聲
也許如常人偶而打個噴嚏
卻像我們島上的某首暢銷流行歌曲
知識份子便有揣測
群眾更是議論紛紛
我們的島很小
這一聲咳嗽自然傳遍了

這是三聲咳嗽詩中的第一首，是現在中年的劉克襄，在青年時寫的一首詩〈咳嗽〉，收在他的第四本詩集《漂鳥的故鄉》，劉克襄在年輕時自稱是一名叛逆青年，是一個狂熱孤獨的旅者，他從事生態的觀察研究，尤其對於臺灣的鳥類生態，他闖山走海、餐風露宿、絕不退縮，在臺灣的自然生態發展史上有他一份獨特的心得。劉克襄既是一個叛逆青年，他對臺灣的現實自然有他應該關懷的一面，和敏感的所在，此詩中的主角「他」可以從他咳一聲嗽便牽動知識分子和群眾，便可知不是一個凡人，而是一個舉足輕重的人物，此詩寫得很冷靜，就像一幅人物速寫，咳一聲嗽便輪廓分明。與我同輩，幾乎同時出道寫詩的商禽七〇年代在美國艾荷華大學國際寫作計畫作研究時，也寫過一首〈咳嗽〉：

坐在
圖書館
的
一室
的
一角

忍住
　直到
有人把一本書
歷史吧
掉在地上
　我才
咳了一聲
嗽

商禽是個超現實主義的服膺者，也是臺灣僅有的幾位超現實技巧成功的詩人，超現實主義寫詩的特徵就是特別注意意象的創新，主張以精簡的意象語言代替平白的散文語言，與我國古典詩的鍛字鍊句並無二致，商禽在寫這首詩前的「詩觀」中說，在詩中「文字」的職責是「意象」的表現，而不是「意義」的傳譯，我們讀〈咳嗽〉這首詩便可看出他在圖書館的整個場景，只是一個「現象」的陳述，直到有人把一本書掉在地上，才把他寫這首詩的「本意」吐露了出來，尤其是「歷史吧」三字更是使詩的含義擴張，也才是使他忍不住咳了一聲嗽的原因，這一聲嗽包涵很多複雜要素，尤其當一個古老中國的知識分子，在一個正值青春年少的異國圖書館看到那四壁琳瑯滿目的蟹形文字耀武揚威的站在那裡的時候，更是感慨橫生。

三更以後
高天厚地的
從肺腑中嗆出了幾聲
不能自己的
咳嗽

滿以為　那子彈脫膛似的狂吼
縱使不是　一聲驚雷
不會喚起幾盞已殘的雛菊

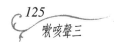

也該有幾級的微震
起自黑水晶的四周

使人意外的是
仍然是妻
以及妻那
捧著一盅微溫白開水的
無助的手

這是我在六〇年代末期所寫的一首〈咳嗽〉，我本一個半新不舊的中古文人，仍然以為一怒能為天下安，一咳能夠定江山，誰知連幾級微震的能量都不夠，反倒咳聲驚動了睡夢中的老妻，她顫娓娓地端來一杯微溫的白開水來為我止咳，此詩我在凸顯值此正氣蕩然無存的今世，唯有親情尚能帶來寬慰，結果此詩數度選入情詩選中的親情類。

咳嗽是一種病徵，除了走夜路怕鬼故意咳兩聲壯膽外，不會無緣無故咳嗽。二〇〇三年鬧 SARS，便是以是否突然常咳不停來決定有否感染。二〇〇二年筆者到南京謁中山陵，見引道兩旁隔不遠便置一大陶質痰罐，與垃圾桶並列，可見中國人這一隨地咳嗽吐痰的積習至今難改，詩人寫咳嗽詩，倒並非是詩人自己咳嗽的供狀，而是藉此一咳的意象，來一吐胸中的鬱悶耳。

夏日讀蟬詩

一聲又一聲
知了　知了
一句比一句
嘔血　瀝心
不是屈打
只是掏肝摘肺的滿腹相傾
說昨日脫身不了今日
說今晨熬不過明晨
直到此身淨空成為一枚脫蛻
價值才會肯定

此物略具藥性

正是：

叫來吼去無人信
徒催時人白髮生
縱是氣粗才不大
夏蟲哪具醒獅能

這是我在二〇〇〇年所寫的一首詩〈聽蟬〉，我這依山而居的日子，夏日最擾人的就是「知了知了」的蟬聲，我不知道這小小的翅目類昆蟲，那來那麼多哀怨要吐，滿腹的心事要大鳴大放，我把牠們看作周遭一些有志難伸，惶惶不可終日的邊緣人物，他們也是常常嘔心瀝血的呼求表白，但卻無人理睬，直至變成一具空空的軀殼，才會被人發現此人頗有才具。

蟬的生命三數日即歿，但牠由卵成蟲，成為一隻蟬，需經十七年的蟄伏地下，一般需經五次脫皮，所以蟬的命是非常苦的，牠脫下來的皮稱作「蟬蛻」，據李時珍的《本草綱目》稱具有藥性，這是一隻蟬唯一的價值所在。但《史記・屈原賈生列傳》云：「蟬蛻於濁穢，以浮游塵埃之外」，這是以蟬之脫蛻比喻屈原之在濁世而不同流合汙。蟬的鳴叫不是發自口器，而是來自近腹肌的振動膜，且只有雄的蟬才能振動發聲，雌的俗稱啞蟬。蟬的發聲一般有三種，有受每日氣候變動的大聲唱和有交配前的斷續求偶聲，還有被捉和受驚時的淒厲叫喊。對於蟬的鳴叫各人感受不同，南北朝的王籍有「蟬噪林逾靜，鳥鳴山更幽」之句，他是在反襯蟬越噪，鳥越鳴，證明這山林之真正幽靜。形容蟬聲別具意味的尚有唐代詩人方千在〈旅次洋州〉一詩中有「蟬曳殘聲過別枝」之句，後來被人拿來形容不守婦道背棄丈夫的女人。清代詩人黃景仁在〈雜感〉一詩中有「蟬到吞聲尚有聲」的感慨，形容有才者雖然聲已嘶啞，但仍吶喊呼籲，有點像我前面那首詩中所寫的寧鳴而死的堅持。我也寫過一首〈蟬鳴〉的短詩：

請勿將頭手
伸出窗外

小心那些煩燥的翅膀
臨時找不到天空時
吵吵鬧鬧的
擠了進來

此詩前兩句，我是撿自早年臺北公車上的一句標語，警告乘客勿將頭手伸出車外，以免被外物撞傷，現在的公車都有冷氣，緊閉門窗，早已無此顧慮，我所顧慮的是蟬聲太吵了，頭手伸出窗外會讓那些吵鬧聲乘隙擠了進來，其實我只是藉蟬聲隱喻社會成天嘈雜煩人的吵鬧，要緊閉門窗，充耳不聞，表達我對當今生活環境的不滿與無奈。

蟬是一種苦命的蟲蟲，牠的形象常在詩人的筆下類比取用，唐代有三首以詠蟬來寄意的作品，成為千古佳話。第一首是初唐虞世南的〈蟬〉：

垂緌飲清露，流響出疏桐。

居高聲自遠，非是藉秋風。

這首詩的一二兩句都在作狀蟬的描寫，實際已將蟬予以人格化的清高雋朗，下兩句便將寄托的意象點睛出來，意思是因立足點高的關係，聲音自會傳得很遠，並非借助秋風的傳送，這也是在說品德高潔的人，無需外在的憑藉，自能聲名遠播，這才是真本領的表現。

唐高宗時當過高官的駱賓王寫的〈在獄詠蟬〉一詩，也是一直為人傳誦，此詩為五言律詩，係因上疏論事觸犯武則天遭誣下獄而寫：

西陸蟬聲唱，南冠客思歸。
那堪玄鬢影，來對白頭吟。
露重飛難進，風多響易沉。
無人信高潔，誰為表予心？

此詩一開始即點出秋蟬高唱，令囚在獄中的南來客興思歸之心，三四兩句，一句說蟬，而蟬是烏玄色；一是說自己，已是滿頭白髮。兩相對照，不免自我傷悲。接下來五六兩句，表面上是說露重想飛也飛不動，想大聲鳴叫也因風強而被消沉，實係暗示自己政治上的滯礙難行，言論上的受到壓制。最後兩句則寄意更為明顯，秋蟬高居樹上餐風飲露，又有誰了解牠的淒苦，就像我一樣高潔的品性也無人相信，又有誰會為我表白一番呢？這是一首語意相聲於詠物中透露自己處境的詩。

晚唐李商隱的〈蟬〉更被譽為詠物詩的上乘之作：

本以高難飽，徒勞恨費聲。
五更疏欲斷，一樹碧無情。
薄宦梗猶泛，故園蕪已平。
煩君最相警，我亦舉家清。

李商隱這首詠蟬詩抓住蟬的特點，結合自己的感慨，係為情而造文的最佳範例，首兩句的「高難飽」和「恨費聲」，不但是蟬一生淒苦的寫照，更是詩人自己清貧清高的供詞。接下幾句是指蟬鳴到五更時聲音已力竭欲斷，可是棲枝的樹葉卻依然故我的碧綠，好像一點也不同情，這也是在暗示自己相同的境遇。李商隱在晚唐是位敢言的正直人士，但也不得別人半點同情，反而處處為難他，接下來他拋開蟬鳴直接寫自己，他是個小官，當然只有薄俸，由於四處調動，就像大水中漂流的木梗，使他興起「田園將蕪胡不歸」之感。最後幾句是回頭對蟬的致意，意思是有勞閣下悲慘境遇的警惕，其實我也一樣的舉家清貧呵！錢鍾書評此詩說：「蟬飢而哀鳴，樹則漠然無動，油然自綠也，樹無情而人有情，遂起同感。」這正是此詩寫得感人的最佳註解。

麻辣小詩

——寫蚊子・蒼蠅・跳蚤

每年到夏天的時候，除了酷熱難當，還有登革熱、腸病毒等傳染病流行。這些都是蚊子、蒼蠅、跳蚤等這類病媒蟲害惹的禍，稍一不慎就會讓人大病一場，甚至送命，尤其孩童特別要小心。二〇〇二年夏天我忍無可忍乃以〈麻辣小詩〉為總題目，對這三種為害的小蟲蟲予以無情的譴責，當然表面是以蚊子、蒼蠅、跳蚤為對象，其實人間更多這類專作乘人不備，趨臭附爛，暗中吸血的下三濫。如果有人認為這三首小詩也是一種借題發揮，別具用心，我也不會否認，就心照不宣的，會心一笑吧！且看我這三首小詩夠不夠麻辣：

蚊子

只愛偷襲

不敢曝光

只需嗡嗡兩聲
便會激怒你
重重地
給自己一巴掌

牠躲在角落裡
偷看

蒼蠅

哪裡最臭
哪裡便是他們
群聚的

殿堂

哪裡腐爛
哪裡便是他們
成長的
溫床

一襲黑裳
高來高去
專作要人模樣

跳蚤

小也是你的小
小也有小的力道

小得有如須彌芥子
卻是難捉的江洋大盜

剛吮吸過背上的血
又把股溝吸得奇癢難熬

專門出沒無常
一個標準的黑道

這三首小詩發表後，反應不斷，有人認為有夠麻辣刺激，有人認為切中時下的醜態，諷刺得過癮，當然也有人寄來同類的詩共襄盛舉。在美國的我國詩人非馬，他素以精鍊的小詩見長，卻譯了首英國詩人勞倫斯 (D. H. Lawrence, 1885–1930) 寫的〈蚊子知道〉來呼應：

蚊子知道得很清楚，小雞小
他可是食肉獸
但畢竟
他只取一滿腹
並沒把我的血存入行庫

勞倫斯是個最有爭議性的作家，曾經辛辣地批評工業社會，但這首詩的筆下比我仁慈，認為蚊子雖然吸血，但只吃飽為止，不像某些人不但飽吸，而且貪心不足，還要庫存一些，以免機會難再。他譴責的對象就昭然若揭，更令人心寒了。

山東曹縣有位詩人名叫老了，其實他一點也不老，才二十五、六歲，筆下可非常老練老辣，寫詩皆出自於生活的痛處，他寫了首〈我們是跳蚤〉，把「我們」揶揄了一番。

世界那麼乾燥
思想無處可逃

我們是跳蚤
我們飛不起來
能證明我們存在的只有跳躍

我們是跳蚤
不是吸血的蚊子，更不是蒼蠅
哪裡髒往哪裡跑
我們是跳蚤
孤獨的跳蚤
每次都用盡全力向上跳
想跳出這個地球
每次都落下來
活到老，跳到老

老了的這首詩彷彿是對著我那三首麻辣小詩而來的。不過他自認不如飛得起來的蚊子、蒼蠅，唯一的本領就只有跳躍，因此他寫〈我們是跳蚤〉，每次都用盡全力向上跳，但每次都落下來，這不正是說出現在許多邊緣人的悲哀嗎？尤其現在年輕的一代。

這些又醜又髒，哪裡腐爛便是牠們成長溫床的小東西，古詩中是不夠資格落腳的，拿蒼蠅來作文章的，只有蘇軾詞中的「蝸角虛名、蠅頭微利」，以及韓愈〈送窮文〉中之「蠅營狗苟，驅去復還」，在比譬貪濁無廉恥之輩，若蠅之營營，犬之苟且，就像我那麻辣小詩中蒼蠅的那個樣子。

[輯三]

詩的奮鬥

新詩人的警訊

「他滿懷正義，一腔熱血，天生是個詩人，他以全生命經營他的不朽志業，經過千錘百鍊，鍛鍊成不朽金身，某些自詡為現代詩人的哼哼哈哈，同他的相比，算個什麼東西。」

以上這段話是從二〇〇三年一家報紙副刊的「回應與挑戰」作者張以仁先生的〈打油詩的回響〉一文中摘錄下來的。此文中的「他」並非指泛泛之輩的詩人，而是詩聖杜甫。原因是「近日有人把杜甫諧音『豆腐』，便說杜甫是賣豆腐的，大作起豆腐打油白話詩來。」作者認為這樣的比擬有點戲謔的味道，不足為訓，但他對寫打油詩卻非常贊成。他說事實上打油詩也不易寫好，必須靈動順口，主題突出，語言多采多姿，且通常以幽默為基調，不只是博人會心一笑，也要啟人深層的思慮。於是他掉轉話頭又說：「今日的白話詩甩掉了口語的累贅，喜歡向彆扭處寫，似乎故意築起迷宮，讓讀者感情撞邪，反不如打油詩順暢而搖曳有致。倡議者何不連現代詩一起打煞，讓新舊詩人共襄盛舉，一起來寫打油詩呢？」

從這篇文章的整體立意來看，主要是對新詩的不滿，讀起來越來越感到拗口，內容也彆扭遠離了人，反不如去寫那種靈動順口，會引人會心一笑的打油詩。至於舉「杜甫」諧音「豆腐」為例，只是借題發揮而已，對寫新詩的人而言，應該有所反省，而不是憤怒，新詩或者現代詩被人拒讀或嗤之以鼻，這是事實。

其實這種給新詩人棒喝的並不只是這位張以仁先生，連一直扶植大陸矇矓詩以及後來新崛起的新興詩派的詩評家北大名教授謝冕先生，現在也忍不住說了一番重話，讓人感到新詩的危機嚴重。謝冕先生是在一本《綠風詩刊》上以「一個世紀的夢想」為題對新詩人發出了嚴重的警訊。他說：「數十年來，人們談論新詩，總感到有一種詩意的缺席。一些完美的東西被毀壞了，新生的東西又無法替代它，無法繼續先前的輝煌。當今的詩人普遍地有一種膚淺的樂觀的滿足，其實他們不知道新詩的市場變得越來越小了。舊體詩正在悄悄地擴大著它的地盤。在舊體詩的讀者中，大量的是兒童。由於家長的倡導，舊體詩正在成為他們金色童年的啟蒙讀物。有多少唐詩的注音，配圖，以及影音製品，正在源源輸送給廿一世紀的主人。再就是為數眾多的老年人，舊詩的閱讀和寫作，已成為他們晚年生活的一大樂事。有多少以老人為中心的詩詞協會，有多少的詩詞刊物正在人們的心目中恢復它的青春記憶！」

說完舊詩復活得如火如荼的警訊後，他又指出當今新詩的弊病：「新詩是成功了，但這只是非常表面的現象。詩的現代變革的最後判斷，應當是詩在人們日常生活審美活動中所佔有的地位。而詩歌體式所應有的音樂性，美感情趣的韻味，正是現代新詩所缺乏的。我們滿目所見，充耳所聞，全是不見盡頭的，而且與人無關的『個人話語』。時代和生活發生了重大的改變，但留在當代詩中的記載卻是十分的微弱。」

謝冕教授對詩和詩壇生態的這番觀察真是具體入微，句句都擊中要害。我想以他當年極力支持新世代詩人的狂熱，而今竟然要提出這樣失望的呼聲，恐怕他自己也非常痛苦。其實他說的情形並非只在中國大陸，幾乎所有華人地區莫不如此。但看臺灣讀經讀唐詩的風氣日盛一日，古典詩社之多，古典詩刊印刷之豪華精美，便可知舊詩也在復辟中。有報導稱：「東勢國小為了鼓勵學生背唐詩，校長王米村設下擂臺，選拔擂臺主，目前的擂臺主是五年級的劉怡凡，一百十九首唐詩隨便抽出來背都難不倒她。東勢國小人人都有一本《唐詩三百首》，因為至少要會背五十首才能畢業。」二〇〇三年中秋，我到廈門參加「海峽詩會」，四〇年代成名的老詩人陳侶白便很坦白的說，他現在已不再迷戀新詩或現代詩，因為連他這麼一個老資格的新詩人也看不懂現在的新詩，他只有走回頭路。廈門大學中文系的一位研究生懇求大會給他說一句話，他說他要很抱歉的對與會的眾多現代詩名家說，他已經放棄了新詩，改寫關於舊詩的博士論文，新詩似乎是處在一片撻伐和背棄之中，個中原因，寫新詩的人當然應該了然於胸。

我常認為詩無新舊只有好壞，人們喜歡讀什麼詩，寫什麼詩，完全可以自由選擇。舊詩如果恢復被人喜歡，那也是舊詩的好處勝過新詩的結果，我們實在應該拍手高興。但另一方面，如果一種詩寫到別人根本不認同，紛紛離它而去喜歡別的詩，甚至回頭去追求那種原認為已不合時代潮流，早已被推翻打倒了的詩，那便值得檢討了。我們費盡一生心力，去寫，去研究，去扶植發揚的新詩，到頭來弄得眾叛親離，我們這幾十年的為詩打拚，豈不都是白費。

詩應與人同悲喜
——聽外勞詩會有感

孩子呵……請望著大海
若你因無處尋覓而徘徊
祂的浪潮是生命的韻律
祂將想望激盪在波濤裡
祂的寧靜是生命的慈悲
藏在命運之中，刻劃在珍珠上

孩子呵……請望著太陽

若你要尋找付出和給予
祂的光不求回報
祂給萬物生命與呼吸

孩子呵……請望著月亮
若你因無處尋覓而哭泣
月圓月缺是宇宙的秘密

不過，孩子呵……
請望著大海、太陽、月亮的創造者
祂將浪漫與柔情遍灑大地

這首詩的題目為〈來自媽媽的信〉，是一位在臺的印尼籍勞工 Susilawati 女士寫的。二〇〇二年的臺北詩歌節舉行了一場外勞詩會。這首詩是參加外勞詩文比賽獲獎的作品。

在所有獲獎作品中，內容都是傾訴外勞離家別子的悲切辛酸，和身處異國打拚的寂寞和悲哀，只有這首詩是以母親的口吻囑咐子女，要在無處尋覓母愛時，向大海、太陽、月亮領略哲思，這些律動和光的創造者，將遍灑浪漫與柔情。這位女詩人以這種精妙的比喻來助子女對遠方母愛的思念如何尋求慰安，非常淒美動人。當外勞詩會的得獎者朗誦這些感人的詩篇時，臺上臺下的外勞和觀眾都感動得哭成一團。主其事者的文化局長龍應台和勞工局長鄭村棋都在掏手帕擦眼淚。龍局長還感慨的說，她自己也像外勞，她的家人和子女都在國外，她的心情和這些外勞姐妹沒有兩樣。這是一場空前成功的詩朗誦，詩貴在感動人，貴在讓大家都得到共鳴。

我們中國的詩一直是這樣與民同悲喜的，詩早已溶入庶民生活。識字的啟蒙書都具詩的格律和音韻，譬如《三字經》和《百家姓》。家裡面裝飾的門聯對聯都是詩。茶壺的題字是「一片冰心在玉壺」，這是摘自唐朝詩人王昌齡〈芙蓉樓送辛漸〉一詩。枕頭上繡的詩是「春眠不覺曉，處處聞啼鳥」，是錄自唐孟浩然的〈春曉〉前兩句。這種詩與人打成一片的傳統是世界上絕無僅有的。

然而傳統詩改為新詩以後。這種詩的人文傳統也改掉了。詩人越來越成了大家不敢親近的貴族。現代詩要能琅琅上口的背誦已絕無可能。更遑論將詩溶入生活或成為祝福祈求的禱詞。社會重視的僅是少數被捧成偶像的詩人，若有活動便只有那少數幾位樣板式的詩人，頻頻重複那幾首樣板朗誦詩。而詩人們更進步到只圖挖掘自己內心那無法與人共享的私秘。

其實臺灣詩的資源是很豐富的，各行各業都有詩的愛好者，臺灣絕不止於那檯面上少數頻頻露臉的大詩人。除了勞工局這兩年辦的外勞詩文比賽，發現好多業餘詩人外，我們本地勞工大眾中，更是臥虎藏龍了為數不少的詩人作家，他們只是在默默的有感而發，並不求聞達。一九九八年當口蹄疫猖獗，很多養豬戶一夜之間千百頭豬隻死光光，逼得很多養豬戶跳樓自殺。中部某一鄉鎮一位養豬戶也未能倖免，但他沒有自殺，而是寫了一首七言詩自勉，他說世界上一切事情本來有得也有失，但只要人沒被打倒，再買些豬仔來養，不久不又有所得嗎？這首詩在地方新聞版上一閃而過，我未來得及抄下。另外一首詩我卻留下了，那是在臺北市公車剛開始改用儲值票時，由於一般人不知哪裡可以買到那種方便又多次使用的新票證，公車處便請每位公車司機先生帶上一些上車代賣。但光顧的乘客不多，我乘坐的二十二路公車有位司機先生便寫了一首詩掛在他駕駛座背後的玻璃面板上，那首詩是這樣寫的：

本車有售票
全票三百元
用二十五次
不需備零錢
隨身帶一張
搭車真方便
圖案很美觀
用完做紀念
購買趁現在
數量很有限
紅燈暫停時
請洽駕駛員

這位司機先生的號碼是〇九四五八。他寫的這首古體新詩既雋永又有味，更考慮周詳。是一首百分之百的公車詩，應該給予獎勵。寫詩不是文人專利，詩也不分新舊，只論是否能感人。北市勞工局既然能給外籍寫詩的人那麼大的鼓勵，更應鼓勵本地有興趣寫詩的勞工朋友寫自己的詩，為他們開發表會，借詩來吐露他們的心聲，這比逼得他們走上街頭，要文明進步有文化得多。

詩的跨界演出

新新世代詩人二十多人曾於最近舉行一次「新新世代詩的現形會——二〇〇三跨界遊藝新詩物件展」，他們欲將幾千年來的純文字詩轉化成為一種媒介形式的詩創作，並作不同藝術語彙的「並置」「融合」，對於「詩的定義」作豐富多采的辯證。在展出的二十件嘗試性作品中，他們大玩詩的遊戲性，混種性，後設性，互動性，不確定性，對於「詩是什麼」給出他們各自心目中奇形怪狀的答案。在此展出的同時，並舉行座談會，由我和白靈、楊宗翰這老中青三代的詩人代表作引言人。

引言人首先必須回答的一個問題是「跨界有無必要？」對於這樣一個尖銳的問題，就我這麼一個「老老世代」的詩作者而言，等於逼我在他們這些e世代的詩人面前表態。他們設想我這個傳統，保守，頑固的LKK詩人必定會大表反對跨界，認為文字詩已存在有幾千年歷史，表現得好好的，實無跨界的必要。他們沒有料想得到的是，我斬釘截鐵的對他們說：「詩的跨界表現絕對有其必要。」在他們意外驚詫之餘，我接著說我們這老一輩的詩人裡面一定會有人說你們是在作「反詩」的實驗，或者乾脆說是在搞「詩的破壞」活動，怎麼可以把詩固有的文字表意媒材，讓投影片，電腦動畫，紙黏土，噴墨列印等一大堆生活現存物來取代，那能代替詩，產生詩的效果嗎？

但就我的觀點言，我無寧視這種種嘗試為一種比較有自覺的藝術行動，是對自己對前輩大師的一種挑戰或挑釁。我認為胡適之先生早已經大膽的作過一次空前的詩「跨界」行動了。將具秩序性和音樂性美滿到無以復加的古典詩一夜之間推翻，進入到以散文為表現方式的自由詩，這豈止是跨界，已經是革命了。然而跨界或把界限推倒以後的詩，經過了這麼幾十年的摸索徬徨，不斷實驗，追趕各種潮流，結果至今不過仍是一個分崩離析，各自為政的局面。因此現在的「詩跨界」表現，不過是又一次的文學革命。詩如果要有創意，突圍出一條嶄新的道路來，必須這樣有勇氣，有膽量，有恆心的一再實驗。

我認為，處在而今所謂後現代狀況，去中心論，顛覆或解構傳統，一切都在拼湊的情況下，各類藝術都已在求創意的漂亮口號下作跨界的表現。我們看現代建築，宮殿式的古典屋頂下是材料唯新的玻璃帷幕牆；本土性極強的歌仔戲早已把流行歌曲，現代豔舞穿插在表演中；很多西洋古典名曲為了與流行音樂爭寵，也早就爵士化了。至於文學方面的跨界變型起步得更早，除了由詩而變種的散文詩外，小說家無名氏早在四〇年代就已寫出集散文、散文詩和類小說的敘事手法的獨特另類小說，當年我們尚是文藝青年初次接觸到他那厚若磚塊的《野獸．野獸》長篇小說時，便曾感到新得難以進入。臺灣的新詩有過幾次重大的跨界演出，一次是六〇年代的圖象詩，再次是七〇年代的視覺詩。八〇年代的「詩的聲光」更是如火如荼的盛大演出。結果如何呢？都是想跨步而跨不出去，旋不踵即煙消雲散。其間的困難即是各種嘗試和創新都超越不了文字既有的魅力。詩的享受還是要從文字中去體會。

這次的展出琳瑯滿目都是所謂超文本的設計，也就是非文字的另一種媒材的創作。照說都應從透過視覺感受把詩的意旨傳達出來，效果應該比字更直接。但是這些創作旁邊仍然得靠文字的旁襯，這是不是顯示這種超文本的表現還有待更進一步的突破？我記得當年的「視覺詩」展也有同樣的困境。人們去看展示的視覺詩仍需去看旁邊角落上那一小塊像標籤一樣的詩原型。

為了說出我對詩跨界表現的最終祝福。我舉自然界中，水最會作跨界演出，水本來是液狀的，它也可以凝結成固體的冰，也可以成為粒狀的冰雹；還可以化身粉狀的霜雪；昇華成雲霧；更可以蒸發為氣體，造成的效果千姿百態，影響也有不同的聲勢，但它最終必定還原為水的原型。但願我們嘗試的各種詩跨界，最終仍不失詩的本質。仍然是詩。

所謂下半身寫作

中國大陸的文壇常有很多新興的文學主張出現，其喊出的名詞讓人感到既搞怪又好頑。譬如那些與主流意識不合，而只能以油印、膠印乃至電腦打印的非正式出版物，本來可以以「地下文學」的名詞堂皇的相稱呼，可是他們卻另外以「隱態」、「潛流」、「潛在」，甚至以「抽屜文學」稱之，來表現他們從事文學活動的無奈，同時也凸顯他們獨立不妥協的自由撰稿心態。

近年中國文壇又有一個新名詞叫作「下半身寫作」，很喧騰了一陣子，有些詩刊詩報滿版整版的撻伐，更在網路上脣槍舌劍。我在六月上旬曾應香港大學「華文文學國際研討會」之邀去發表專題演講，並作論文講評。隔鄰的深圳大學和深圳當地的現代詩人聽說我既已抵港，要我抽一天時間到深圳去和他們座談新詩發展的概況。深圳究竟是個特區，那裡深藏了中國各地來的詩壇英雄好漢，說話也比較肆無忌憚。座談中途有位年輕詩人突然問我：「您對『下半身寫作』的看法怎樣？」猛然聽到了這樣一個問題，我真是有點措手不及，在我旁邊的主持人女詩人劉虹趕忙說：「你們不要為難向明老師，他哪裡會曉得那種狀況。」

我一聽話中有話，馬上反應了過來。我站起來說，我曉得狀況，而且我可以告訴你們臺灣早在二、三十年前就有這種狀況，不過我們不會利用佛洛依德性心理學名詞，我們乾脆稱這種狀況的詩為「情色詩」或「異色詩」。我們寫得也很大膽，但仍以詩的藝術條件為先，就像其他好詩一樣，用意象處理，不會直桶桶的真刀真槍。像六〇年代余光中寫的〈鶴嘴鋤〉，可以說非常具體生動，但他並非是直接寫性，而且藉性的過程來表現生命的輪迴。不過這也是現代詩中最早出現「子宮」這一生理名詞。另一詩人楊光中在一九七八年即出版過一本詩集《好色賦》，首次打出「女體美的讚頌，性與愛的謳歌」的標題，整本詩集都是性愛意象，描寫部位已經突破三圍，到了臀及體毛，可說已經早就是「下半身寫作」了。臺灣現在性禁忌已隨高漲的女權而全面突破，要求性解放的口號已令保守的社會臉紅。現代詩人也沒有缺席，像年輕女詩人夏宇的《腹語術》，顏艾琳的《骨皮肉》，江文瑜的《男人的乳頭》，甚至男性詩人陳克華寫的詩〈肛交之必要〉，都曾充分施展身體優勢，表露出生理行為的在場感。我的一番簡短扼要的談話，既滿足了他們對臺灣性入詩的好奇，也宣揚了臺灣寫詩各種實驗都不會怯場。

其實所謂「下半身寫作」我早已略知一二。最早導源於一九九九年元月中國詩壇的所謂「民間寫作」和「知識分子寫作」兩種美學傾向的分歧。我曾獲邀參與過《一九九八年詩歌年鑑》的臺灣部分編委工作，其他編委正是所謂「知識分子寫作」的一群（該年鑑出版後即查封，我所主選的臺灣詩都未選入）。傾向民間寫作的北京詩人沈浩波、朵魚等人開始考慮創辦一份純粹的、志同道合的、能夠體現最年輕一代詩人寫作觀念的同人刊物。終於在二〇〇〇年五月確定刊名為《下半身》，並由沈浩波撰寫發刊詞題名〈下半身寫作及反對上半身〉。對於所謂「下半身寫作」的意義，發刊詞中開宗明義地說：「首先意味著對於詩歌寫作中上半身因素的清除。」是些什麼因素？發刊詞緊接著說：「知識，文化，傳統，詩意，抒情，哲理，思考，承擔，使命，大師，經典，餘味深長，回味無窮等這些上半身的詞彙，與藝術無關，與當下性的先鋒詩歌無關。」都在清除之列。當然最能直接解釋他們所謂「下半身寫作」精神的，是下面這幾條非常直接露骨，令保守人士瞠目結舌的宣言：

- 所謂下半身寫作，指的是一種堅決的形而下狀態。
- 所謂下半身寫作，指的是一種詩歌寫作的貼肉狀態。
- 呈現的將是一種帶有原始野蠻的本質力量生命情境。
- 所謂下半身寫作，追求的是一種肉體在場感。注意是肉體，不是身體。是下半身，不是整個身體。意謂著回到本質的，原初的，動物性的肉體體驗中去。
- 詩歌真的只到語言為止嗎？不。語言的時代結束了。身體覺醒的時代開始了。詩歌從肉體開始到肉體為止。
- 我們亮出了自己的下半身。男的亮出了自己的把柄。女的亮出了自己的漏洞。我們都這樣了，還怕什麼？

沈浩波這篇「宣言」刊出後，大陸詩壇文壇一片譁然，無論平面紙本媒體和網路都利用各種方式表達他們的憤怒。詩網站上幾乎無一日不看到對《下半身》的指責。沈浩波接著在下一波的文章中說：「這是好事呵！反正我們早就想和正人君子勢不兩立了。」另一發起人朵魚更是以〈是幹，而不是搞〉為題撰文表露他們下半身寫作的決心。

然則「下半身寫作」的詩到底是怎麼樣的一種詩呢？真的會如宣言中所說有「貼肉狀態」和「肉體在場感」嗎？如果真要抱著這種像針孔偷窺一樣好奇心情去看這些詩的話，你會大失所望，會發現他們真是虛張聲勢，言行不一，仍然是利用「上半身」來對「下半身」意淫，「下半身」仍然不能作主。他們這些詩都不精鍊，都是大白話，一寫幾十行。我只能把沈浩波所寫作示範的「下半身」詩〈一把好乳〉的前半段供我們臺灣的詩界欣賞：

她一上車／我就盯住她了／胸脯高聳／屁股隆起／真是讓人／垂涎欲滴／我盯住她的胸／死死盯住／那鼓脹的胸呵／我要把它看穿就好了／她終於被我看得／不自在了／將身旁的小女兒／一把抱到胸前／正好擋住我的視線

我只錄這一半的原因是後面的詩行，只不過是將他的意淫對象轉到小女兒身上，預言她將來長大之後也是「一把好乳」。看後只使人覺得低級無聊乏味，這也算詩？然而他們這些詩的低級趣味遠不止此，還有〈郊區公廁即景〉、〈每天，我們面對便池〉、〈壓死在床上〉、〈為什麼不再舒服一點〉、〈打砲〉等令人反胃的標題；詩的內容則充滿著幹、搞、操、弄、造愛、手淫、衝動、雞巴、力比多、內分泌、腎上腺素、威而鋼等直抵那些隱密部位的詞彙。看了這些詩使人馬上想到情色網站上那些「吃屎喝尿網」、「火辣白人幹」等色慾鏡頭，這不是下半身寫作，而是下半身暴露，如果這也算是詩，應是詩的墮落。

二〇〇一年十一月，中國知名評論家陳仲義曾撰文〈肉身化寫作芻議〉一文，對「下半身」現象進行闡釋評議，他認為這種肉體詩寫作潮流，早在九〇年代中後期，從「反文化」、「口語流」的胎盤裡，就悄悄孕育了這一「孽種」。按照他們的主張，無非是要將倫理讓位於肉體，詩性讓位於流俗，思想讓位於官能。最終的目的無非是反對高高在上的所謂文化，所謂神，所謂知識，所謂優雅，所謂美。陳仲義說如果在感性大播放中，摒棄必要的「思」與「智」等精神元素，無視肉身化詩意創造，止於肉體感官的優游，無條件的視色如歸，最終還是走不遠的，新一輪反彈詩風將提前到來。

然而還未等到新一輪反彈詩風的到來，二〇〇一年十二月《下半身》雜誌便自動宣告停刊了。一位詩刊的同仁巫昂說《下半身》的存在就是為了最終的消亡。當《下半身》

的方向已經成為一個普遍的常識性的方向時，雜誌是否繼續出版已經不重要。在群體的革命與斷裂已經完成之後，《下半身》已足以成為當年青春、熱血、友誼與意氣的見證。確實他們的理想已經成為一個普遍的常識性方向了。他們的出版物和他們已經解散消失，但是他們的陰魂仍在四處流竄，否則我到深圳不會有人問我這遠來的訪客。

詩具普世的價值

臺北這幾天有非常多的激情演出，一點也不文明，也一點都不理性。就像都站在蹺蹺板的兩端，你蹺上來罵我，我蹺上去罵你，一點也不顧及兩旁這些看熱鬧的觀眾。好在，要給不寧靜、不祥和更不美的臺北，以及整個臺灣一些非常溫馨、有深度、有趣味的表現，我們有一系列的國際詩歌節活動，來改變這被爭吵僵化的氣氛，被外界視為跡近野蠻的氣質。恢復我們是一個詩的民族，我們有輝煌的詩的傳統的美名。

詩的價值其實是一種普世的價值，是千秋萬世、永垂不朽的一種超然存在。名詩人白靈曾經寫過一首詩歡迎國際筆會來華訪問的文友們。他說：

沒有一朵雲需要國界
一朵雲牽一朵雲又一朵雲

包裹住地球以全然的寬懷
從不曾叫地球停止旋轉

其實這一朵朵的雲就是我們的詩，我們的詩也是沒有國界、沒有疆域，甚至是沒有年齡永遠年輕的，絕對不會有突然「不見了」、「不存在」的荒謬說法。唐詩距今有一千四百年的歷史了，但是我們還在讀唐詩。臺中縣東勢國小還一直在鼓勵國小學生讀唐詩，而且還舉行擂臺賽，選拔擂臺主。學校規定學生至少要背五十首唐詩才能正式畢業。可見詩是永久的國號、永遠的國歌，絕對不會因時間久遠而被放棄。我要再強調一次，詩是一種普世永恆的價值。

過去我們的詩都是靜態的，寫在紙上默默的欣賞誦讀。現在的詩已經在作跨界的表現，已經不再只是平躺在紙本上，而是一躍而站立了起來、飛揚了起來、e化了起來。過去的詩人一向是文靜的、不愛拋頭露面的。現在也不同了、也活潑了，他們也會搞怪，把詩唱出來、表演出來、舞蹈出來、嘻哈出來、用鍵盤敲出來、用 **FLASH** 扭跳出來，因此這次的詩歌節，我們有九十九種讀詩的方法讓詩透過各種藝術手段，包括戲劇、相聲、快書、流行音樂、現代舞、漫畫、演唱、朗誦、幻燈、影片、裝置藝術、多媒體等等可用的媒材，讓詩無孔不入的作多元呈現。讓多種藝術形態來表現詩，也讓詩提升各種藝術的表現本質，相得益彰，互蒙其利。

現在也不只是只有學文的人才寫詩，各行各業都出詩人，因此除了有傳統的古詩吟唱外，還有原住民詩人朗誦、詩的女半球、數位詩人的**EPAPER POETRY**（電紙詩）表演、「詩歌鋪子」詩的下午茶、六年級詩人紅白對抗、五年級詩人同學會、格格不入詩人的秘聚會、詩的街頭運動、外勞詩會以及「文字鍊金術士」詩人之夜等等。總之各種詩人都會傾巢而出，各出奇招，讓詩活動起來、活潑起來，把臺灣詩人這幾十年來追求詩美的活力展示給國際友人驚豔。詩是一種人類共同能交感的最動人的語言，只有詩才能為我們帶來美夢、希望和理想，讓我們在混亂不安的日子裡看到一片詩般美好的遠景。

詩與大眾傳媒

基本而言，文學藝術與大眾傳媒應該是相互依存的。文學藝術有大眾傳媒的傳播，才能使創作有人看得到，聽得見。而大眾傳媒也靠文學藝術的精緻包裝，才能凸顯豐富的內涵，才有為人接受的實質。然而現今的大眾傳媒的方向似乎不大為文學藝術服務，儘管文學藝術仍然提供必須的營養活絡大眾傳媒。

現在幾乎已經變成一個視覺無意識，感覺疲乏的時代。在這資訊爆發的現代社會，我們每天要看、要聽、要接觸的東西太多了，而且幾乎是無所不用其極的透過最新的傳播技巧，以包裝、偽裝、化妝的手段，想方設法向人逼近。譬如非常早以前，誰要想看到限制級影片，要期望電剪人員手下留情，或者千方百計去看試片。而現在是不但透過錄影帶、第四臺，而且隨時會在個人的網站上真刀真槍出現，使人防不勝防。所以透過傳播媒體，現在大家幾乎為所欲為，做到前人所做不到的很多怪事。這種無孔不入的傳播手法，雖然獲得了不少推廣推銷的好處，但卻也因太多太大量的這種傳播，造成人感覺疲乏，人的視覺無意識。因為太多的東西要看，一秒鐘之內要承受上千各種光怪陸離的畫面。在這種意識因過度磨損而變得遲鈍的情形下，受害最多的是文學藝術的產品，因為這些東西都是需要思考，需要時間來咀嚼回味，決不是快速的畫面所可傳達。因此這種不能立即獲利回收的文化資源不會受到重視，且常常是被故意忽略的。現在有誰去讀長篇小說？所有時間都被強勢的電視或網路吸引過去了。

詩人們且認為最慘的就是他們的詩，詩幾乎是強勢媒體的棄嬰，沒有哪個電視媒體會有一個與詩有關的節目，連詩人節也排不上新聞。死了一個重量級的詩人，絕對比不上一個黑道大哥死後的備極哀榮。有位非常資深對詩有卓越貢獻的老詩人，在房子裡死了三天，屍體已經發臭，才由空氣傳播出來被人發現，然後像死了一隻貓狗無人聞問。前些年詩人看到詩沒有人理睬，詩的出版物只能在詩人的小圈圈內流通，有人建議把詩寫得大大的掛在鷹架上。有人要把詩掛在大汽球上在天上飄浮，人們一抬頭便可看到詩，詩便傳播出去了。這些天真的詩人完全沒想到這樣做所花的成本。有人嘗試詩用聲光配合開多媒體詩的聲光發表會，結果只能賠老本辦了一次，雖然效果新奇熱鬧，但也只能滿足少數的詩人。這些都是詩被大眾傳媒忽略所想出的自力救濟。

然而，詩的被冷落全然該怪罪現在的傳播媒體嗎？我們平心靜氣的反省，恐怕還是在詩人本身。比起其他文類來，我們實在有夠多的傳媒在傳播詩。大概整個文學界只有詩最活躍，最會興風作浪。我們有十本以上的詩刊在登詩，平面媒體的報紙副刊、文學雜誌都有詩的版面。而現在的電腦網路上也有無數的詩網站在發表年輕詩人的大量詩作，比起外國詩人，甚至大陸詩人，我們已夠幸運。

但我們總覺得詩沒有受到應有的重視，詩還是只有寫詩的人自己欣賞，個中原因恐得我們自己檢討。想到古時候的詩人幾乎沒有任何傳媒幫他傳播，寫好的詩頂多有附近的二三知己看得到，等到刻印成書已經是多少年以後的事，但是那些詩都能夠傳留下來，一兩千年後的我們還不得不叫好，可見寫詩這回事不是爭一時，而是要爭千秋。

傳播媒體只能把作品一時化妝露臉，或者炒得火熱。如果作品不好，縱算有人不知底細買了去，最終也會遭人唾棄，下次再也不會上當了，從此詩仍會無人理睬。強勢的傳媒確實能使很多東西大眾化、普及化且商品化，但詩是一種靈性的產物，天生只能在對詩有興趣，有癖好的小眾間流行。因此詩人們實在不必羨慕現代傳媒對其他東西所造成的轟動效應。那種炫目的七彩煙霧，瞬間即會消失，而如果詩人們有信心把自己的作品寫得擲地有聲，一首詩能夠感動很多人，那種口耳相傳的效果，連歷史都會發出響亮的回聲。同時現有的大眾強勢傳媒已因過度物化而墮落了，高貴的詩文學沒有必要與之同流合汙。

詩的現代性與古典性

詩分「新」、「舊」，已是一種不幸的兩刀論法。再分詩的「現代性」與「古典性」，更把詩的固有屬性，予以無情的斷裂。我嘗言詩無新舊只有好壞，因之再分詩的現代性與古典性就更屬多餘。需知，詩的古典亦是當年的現代，而如強調詩的現代，若干年後，今天的現代又會成為明日的古典。詩的價值是普世的，一首好詩應是永垂不朽的超時空存在。因之，詩應不分現代或古典，古典或現代。我甚至認為「古典是現代的營養，現代是古典的發揚」。古典和現代是血脈一貫的。

寫到這裡我不禁想到卞之琳先生的〈斷章〉一詩：

你站在橋上看風景
看風景的人在樓上看你

明月裝飾了你的窗子
裝飾了別人的夢

卞老這首詩雖是三〇年代後期的作品，卻歷久不衰的受人喜愛討論。卞氏寫此詩時年方二十五歲，已是不再浪漫（卞氏曾師承徐志摩，並歸類為「新月詩派」的一員）而心儀現代了。此時他已譯出法國象徵主義諸大師如波特萊爾、魏爾倫、馬拉美等人作品，並寫波特萊爾名詩〈惡之華鑒賞〉。同時現代派先驅艾略特的詩也對他影響深遠，他從艾氏那裡學到了詩中「蒙太奇手法」的運用。並服膺艾氏在〈傳統與個人才具〉一文中那句「歷史的意義，對於任何想在二十五歲以上還要繼續作詩人的，差不多是不可或缺的。」後來在他的詩中，都體現艾氏的深刻影響。他也得到艾氏為詩「客觀聯繫法」的真傳。這首詩〈斷章〉，便是這種手法的嘗試。一九九〇年十一月，我趁赴北京探親之便，去探訪這位詩界前輩，談到這首詩時，他謙稱這是他的少作，但並不是一首情詩，遠遠超過男女牽情的意義，他是要把世間人與人，人與物之間的息息相關的相互依存，相互為用，自覺或不自覺的牽連表現出來。我曾非常沒禮貌且有點賣弄似的說，唐代與賈島齊名的詩人姚合有首〈遊天台上方詩〉，意境好像與您這首〈斷章〉類似。我還把姚合的詩背了一遍：

曉上上方高處立，路人羨我此時身。
白雲向我頭上過，我卻羨他雲上人。

卞老聽後對我說，不論古今中外，詩人對世事的看法都有相通之處，難免發出相同的感慨，只要表現得好，都值得重視。從卞老這種尊重普世觀點的說法，可知太陽底下本無新鮮事，「今人不見古時月，今月曾經照古人。古人今人若流水，共看明月皆如此」；一樣的月亮，照過古人也照在現代詩人的窗前，定會發出相同的感慨，只要有創新的手法，就詩的肌理組織言，實在頂多只有先後之分，而無古今之別的。

詩聖杜甫寫過很多充滿憂患意識的詩，唐天寶十年，安祿山造反，社會動亂不堪，百姓流離失所，然而唐玄宗與楊貴妃卻還在驪山華清宮內尋歡作樂，杜甫見此吟出〈自京赴奉先縣咏懷五百字〉，在其一百行的五言詩中，有「朱門酒肉臭，路有凍死骨」兩句，最能傳神寫出當時社會價值混亂，民不聊生的情形，寫得多沉痛，感受多敏銳。將豪門貴戶的奢侈，和人間百姓的悲情作了多深刻的對照。又譬如也是唐朝的詩人高適所寫的邊塞詩〈燕歌行〉中，最驚人的兩句「戰士軍前半生死，美人帳下猶歌舞」，將戰場拚死拚活，後方尋歡作樂的矛盾情景，予以無情的揭露。這幾句用對比意象所講的古典詩，已成為社會寫實詩的典範。我們的現代詩人由於側身資訊流通，遠親猶如隔鄰的地球村，因此關懷面已擴大到無遠弗屆，譬如洛夫的名詩〈剔牙〉，便是寫的非洲饑荒實景：

中午
全世界的人都在剔牙
以潔白的牙籤
安詳地在剔他們潔白的牙齒

索比亞的一群兀鷹

一堆屍體中
飛起
排排蹲在
疏朗的枯樹枝上
也在剔牙
以一根瘦瘦小小的肋骨

洛夫是在將白人世界的富有和黑人世界的貧窮，作強烈的對比，給人一種非常不公平的印象。無疑不管是古典或現代，杜甫和高適以及現在的洛夫所表現的人道精神，都是能令我們耳目一新的偉大詩人。

然而，儘管我們一再舉證古典現代的分野實屬多餘，但現在的詩何為古典、何為現代，幾乎立即可以判別，這是誰也不能否定的事實。就詩的基本規範言，詩之為詩，必須有它必要的秩序性和音樂性。秩序性的維繫，靠嚴謹的格律。音樂性的達致，須有和諧的音韻。嚴謹的格律，可使得詩的節奏分明；合節拍的音韻，會使詩讀起來悅耳動聽，像天籟一樣自然清新。然而我們現在的詩，是破壞這兩大要件而產生的，是放逐這兩大被認為是「腳鐐手銬」而發明的。我們的詩，現在已是毫無任何丁點約束的自由詩，自由到隨性可寫，隨意可塗抹的近似符咒和囈語。然而這便是當今被認為唯一可具代表性的「現代詩」，和既有的「古典」格律詩，形成詩這大家族裡的兩大對立面。因此很顯然的是，「現代性」和「古典性」的最終爭論，便是在「詩的形式」的有無問題上。至少一般人對而今詩的認知，便是如此。

新詩形成傳統了嗎？

二○○三年中國大陸詩壇正為「新詩有無傳統」問題，吵得雞犬不寧，甚至還在九月十五日廣東珠海召開的第八屆「國際華文詩人筆會」，形成主要議題，研討「現代視野下的新詩如何與傳統接軌」。

被歸類為「無傳統派」的九葉詩派大老鄭敏女士，曾經在一篇文章中認為「新詩到現在還沒有形成自己的傳統」，並說「現在的詩已經自由到一種說不出來的程度」，「我們今天新詩的問題，就像一個孩子長大了，但還是半詩盲」。青年詩評家朱子慶也贊成新詩無傳統說。他認為舊體詩有一整套優美而有效的詩藝遊戲規則，表現了形式化的格律模式。而新詩除了「習慣法」的分行排列，還有什麼有關結構、韻律上的約定？還有什麼詩之為詩的獨特藝術操守？

站在「新詩有傳統」觀點的一方，乃《華夏詩報》總編輯野曼，是一位八十歲的資深詩人。他認為新詩有精神傳統與藝術傳統兩方面，即內容和形式。那些認為新詩沒有傳統的「無傳統派」，只是以「虛無的立場」，抓住本來就不存在的什麼藝術形式的「格律」、「定型」等等問題，就否定了新詩傳統，完全甩開了新詩的精神傳統，而只談藝術傳統，當然顯得偏頗。同時，他認為「無傳統派」老是說「新詩沒有定型」、「沒有規範」，因而要求新詩回到「格律詩」的時代，用一種「格律」來規劃新詩，他認為這是一種夢想，絕不能期望時光倒流，新詩能回到某種單一的固定格式，或者期望以一種「格律」來規範新詩傳統。

這樣傳統有無的辯論，由於觀點分歧，且各自成理，是不會有什麼結論的，連妥協都不可能。

我是比較贊成鄭敏的觀點的，因此我在發言時就指出，沒有什麼新詩傳統，或舊詩傳統，只有「詩的傳統」。詩無新舊，只有好壞，壞的淘汰掉，好的就會成為傳統留下來，這是誰也打不倒的鐵律。如果硬要劃出一個新詩的傳統，則這個傳統是從文學革命把舊詩推翻改為新詩以後，才逐漸成為的一點成果，但是這個尚不能成為一個完整真正的傳統，只是形成傳統的一個過程。我們還在作著各種實驗，各種創新，這個時候我們要容忍尊重各種意見。現在詩的自由混亂，也是這個過程中的一個現象。如果連「九葉詩派」的現代詩大將鄭敏女士都認為我們還是一個「半詩盲」，則表示我們的詩有待努力之處還很多，如真能找到一種形式，且也能容納各種主題，則豈不皆大歡喜，實在不必把一己之見定於一尊，認為別人都已走入誤區。

其實中國大陸的詩壇，自從政權成立以後風波不斷，變化迭起，哪裡能夠形成一個可大可久的傳統？連欲維持一個平穩的局面都難。共和國成立不到七年，「反古」運動開始，很多敢於口吐真言的詩人，都被打成右派反革命分子，遭到嚴格批判。一九五八年開始「大躍進」、「三面紅旗」，翻天覆地的運動。這時開始規定「新詩要在民歌和古典詩歌的基礎上發展」，要求將革命的浪漫主義與革命的現實主義相結合，作為一種典型的民族主義風格；出版一本厚達三百頁的《紅旗歌謠》作為寫詩的範本，要求詩人依此範本學寫，一天要生產三百首詩。在這種無情無理的嚴苛要求下的詩，既不像新詩，也不像古典，倒有點像順口溜，像一位叫丁力的詩人寫的這兩首詩：

含笑花

為啥老含笑　心中喜事多
請看遊人面　個個笑呵呵

鳳凰樹

傳說有鳳凰　不知在何方
原來都在此樹上
如飛似舞朝太陽
時代呈祥　時代呈祥
廣州滿是鳳凰

這種金科玉律加諸在詩的頭上，既汙蔑了詩的神聖，更糟蹋了詩人。到了十年文革的噩夢，情況更加惡劣，對詩的要求更加翻新，詩要寫成「對口詞」、「鑼鼓調」要學樣板戲，凡寫陰暗面的作品就要受到聲色俱厲的批判，甚至送往邊疆勞改。

中國大陸的詩，十年厄運完了之後，詩才得到真正的解放，才有了朦朧詩的拔地而起，徹底改變詩被控制為粉飾太平，為工農兵服務的傳聲工具，詩才獲得真正自由。然而自此風潮又不斷迭起，一波又一波的「崛起的詩群」，公開揭起「現代詩」的大旗，寫出連臺灣這現代詩的前輩，都自嘆勿如的前衛和大膽。直到現在大陸詩壇又在「知識分子詩派」和「民間詩派」兩大陣營的捉對廝殺下，打得不可開交。這兩派其中的知識分子詩派，被對方指責過於西化，過於作橫的移植，正如當年我們臺灣現代派的處境；民間詩派又被對方指責過於保守，過於強調鄉土抒情，也正像臺灣當年的藍星強調縱的繼承和抒情傳統。可見大陸新詩一直是在不斷蛻變，不變顛覆解構之中，實未形成一有大家共識的傳統，整個詩壇還在保守與前衛之間拉扯，也是欲在「現代」與「古典」之間取得平衡。因此我所悟出的「古典是現代的營養，現代是古典的發揚」，無論大陸或臺灣都應為一持平之論。

詩文學中的生活情愫

自古以來，詩都是沿自於社會，而人是社會的主體，社會的各種風俗習慣，經濟、政治、思想和環境變異，都影響著詩與文學，而記載在詩歌和文學領域中，最早的《詩經》，基本而言就是我們早期的一部先民生活史，裡面所表達的風、雅、頌、賦、比、興無不與當時人們的生活有關。所謂「男女有所怨，相從而歌。飢者歌其食，勞者歌其事。」便是《詩經》所包含的全部生活實錄。〈小雅〉一章中有一段談到了當時人們遭到洪水的情形：

有豕白蹢，烝涉波矣。
月離于畢，俾滂沱矣。

這幾句詩牽涉到當時的一個習俗，這四句詩的意思是如果「有白蹢子的豬跳進了水中，或者月亮移近到畢宿星（廿八星宿之一）的旁邊，天必會下大雨」，這是當時人們從觀察天象的生活經驗中所獲得的生存法則，先民們是從這樣的經驗法則中生存下來的。

再看《楚辭》。《楚辭》裡面記載的都是南方人的生活情形。屈原的〈離騷〉便敘述著一個苦悶靈魂關心朝政，關心人民生活疾苦的心聲：

> 惟夫黨人之偷樂兮，路幽昧以險隘；豈余身之憚殃兮，恐皇輿之敗績。
> 長太息以掩涕兮，哀民生之多艱……瞻前而顧後兮，相觀民之計極。

這些詩句無非是親身體驗當時官場之腐化，以及民間困苦所發出之慨嘆。

《楚辭》以後是樂府。樂府是合過音樂的詩。大多是採自民間傳唱的歌謠。更是民間生活的心聲，譬如〈孤兒行〉：

> 臘月來歸，不敢自言苦。頭多蟣虱，面目多塵……愴愴履霜，中多蒺藜。拔斷蒺

藜，腸肉中愴欲悲。淚下渫渫，清涕纍纍。

這段詩是寫一個小孩受兄嫂虐待後的一身慘像。必得親見過才能寫出這麼沉痛的詩句，有人說這是由淚痕血漬寫出的詩，一點也不誇張。

大唐盛世，其實也是詩的盛世，大詩人輩出。詩仙李白少年時生活浪漫，讀書學劍，每天和道士俠客混在一起。廿五歲以後發了跡，「徧干諸侯，歷抵卿相」。中年到了長安，生活更是奢靡，所謂「夫子紅顏我少年，章臺走馬著金鞭。文章獻納麒麟殿，歌舞淹留玳瑁筵」，得意狂態不可一世。可是好景不常，明皇聽信讒言，他失了寵，開始流浪潦倒，漫無定居之所。過著「欲邀擊筑悲歌飲，正值傾家無酒錢」的困苦生活，而思及遠方的妻兒，發出「何年是歸日，雨淚下孤舟」的悲嘆。到了晚年，心境才恬淡下來，才有「眾鳥高飛盡，孤雲獨去閑。相看兩不厭，祇有敬亭山」的閑適境界。李白一生高低起伏，也形成了他的詩的時而豪邁，時而淡逸，他把現實生活的節奏與當時的境況鎔鑄在一起，產生一種植根在現實人生事件上亮麗的詩篇。

一生展轉在窮困生活中的杜甫卻是另一極端。他歷經安史之亂，吐蕃入寇等等戰亂，使他經歷到很多民不聊生的生活慘狀，同時他又看到了宮廷裡荒淫糜爛的情形，使他不自覺的在詩中吐露出不易見到的貼近生活的句子。如〈述懷〉一詩中的「麻鞋見天子，衣袖露兩肘」，這是他在安史之亂，長安淪落，肅宗逃到河西行宮，杜甫帶著妻小隨著難民逃亡，一天被叛軍虜去，他趁黑夜逃出，連夜跑去見肅宗的狼狽相。又譬如「朱門酒肉臭，路有凍死骨」這類親眼目睹的貧富懸殊，這一類詩因具深刻的實際生活經驗，且能忠實反映民間疾苦，所以他被人稱為詩聖，他的詩被人稱為「詩史」。他的所有的作品都是勇於生活者所留下的履痕。他的〈茅屋為秋風所破歌〉所表現出的對這世界的悲憫心足能感動天地。

詩文學中的生活情愫並不單純只有悲苦的一面，七情六慾都會出現在詩中，歌頌自然的詩人如王維、陶潛都有很多描寫生活情愫的詩傳之於世。陶淵明一生安於環境，自得其樂。雖然「弱冠逢家乏，老至更長飢」，雖然「傾壺絕餘粒，窺灶不見烟」，雖然「弊襟不掩肘，藜羹常乏斟」，可說是非常貧困，日子並不好過，但他無所怨、而能安貧樂道，他還是「懷良晨以孤往，或植杖而耘耔，登東皐以舒嘯，臨清流而賦詩」，過著悠然物外的至情生活。

王維則是時時保持求清閒，求幽靜，求忘我的空靈心境。我們讀他的「空山不見人，但聞人語響。返景入深林，復照青苔上」。又讀他的「獨坐幽篁裡，彈琴復長嘯。深林人不知，明月來相照」，再看他的「終南有茅屋，前對終南山，終年無客長閉關，終日無心長自閒。不妨飲酒復垂釣，君但能來相往還」，等等超然於俗世生活的描寫，覺得王維是一個多麼懂得遁逃人生無謂紛擾的詩人。

宋朝的楊萬里——楊誠齋先生的詩中也常透露出安貧樂道，怡然自得的心境。他官至秘書監而退休。退休後隱居於南溪之上，「老屋一幢，僅蔽風雨，長鬚赤腳，才三四人，如是者十六年」。他有一首詩是他在為一盆水仙花澆水時寫出的，非常具生活情趣：

舊詩一讀一番新，讀罷昏然一欠身。
無數盆花爭訴渴，老夫卻要作閑人。

這詩中的「爭訴渴」三個字用得真是高妙。透露著自譴的意思，好像是閑得不安心。雖然已離開公職，卻還關懷著飢渴中的黎民百姓。

南宋的陸游號稱為愛國詩人，卻也是一位多情男子。年輕時既曾寫過「鐵馬冰河入夢來」的軍旅征戰詩句，還曾在八十多歲時夢見和表妹唐婉同遊沈園寫出「路近城南已怕行，沈家園裡更傷情」的傷感。陸游的晚年貧病交迫，日子並不好過。但他生性達觀，以讀書飲酒自娛。有一年冬天窮到連棉被都沒有蓋，朋友用白紙寫了一封長信安慰他，他感到寒天送暖，非常難得，他乃寫了一首詩表達心意：

紙被圍身渡雪天，白如狐腋軟如棉。
放翁用處君知否，絕勝蒲團夜坐禪。

我們現在科技發達，才有紙尿布、紙內褲，而陸放翁所處的宋朝，居然會有紙被，這當然是放翁具創意的想像使然。然而現在的詩人隨著科技的發達，環境的變化；以及文明程度的日新月異，價值觀亦隨之不同。現在想要再回到從前那種與生活貼己，全然反映生活現實的詩已經很難找到了。現代詩人耽於幻想以及向內心挖掘者較多，寫出的東西往往是他內心深處不可告人的私秘，或潛意識中朦朧難解的夢境胚胎，與大眾生活和生存環境是沒有共同想像和語言的。其實我們中國的詩精采就在詩人表現的境界是生活情愫不哀不怨，恬然自適與天地合，與人間交的。除了少數資深的現代詩人，由於曾受古典的洗禮，尚能維持這種溫柔敦厚的詩傳統美德外，其他就難求了。

讓詩飛揚起來

——認識朗誦詩

有關朗誦詩的由來，很多研究朗誦詩的人認為是詩與歌分家以後的產物。他們以為漢代的古詩和樂府以及當時的民歌都是可以唱的，後來由於詩的境界提升和講求文字的美，開始重視意象的經營，和把玄想以及更深一層的思考納入詩中，使詩的原始樸素（譬如民歌）演變成深奧多采，也就是使詩更為艱深，不是一開口就曉得你要唱什麼。又由於詩要講究對仗、排偶、格律等各方限制，使得詩不能唱了。如果要唱就得另外寫一種平白易懂的詩，稱之為歌詞。寫歌詞是另外一種專業學問。於是有人就認為這是朗誦詩興起的原因，認為詩既然不能唱了，改用吟誦、朗誦，一樣可以傳達詩的效果。

而據我的觀察，朗誦詩原在文字發明以前就已存在。那是當時唯一發表詩的方式。譬如《詩經》裡面的〈國風〉就是採用民間口頭上傳誦的詩，後來經文字整理編纂而成。古時候的詩人完成一首詩，常常會刻意的大聲朗誦一番，搖頭晃腦的，以聽聽詩是不是很順暢，節奏感是不是很自然。詩人們雅集，也各自吟誦自己的詩作，共同欣賞，也是藉此發表。可以說古詩由於具有詩的秩序性和音樂性，既可以用文字發表，更可以用聲音發表。這大概也是朗誦詩可以繼續成長的部分原因。

然而真正有「朗誦詩」這一名稱應是我國對日抗戰時期。當時基於宣傳的需要，就像當時盛行的街頭劇，朗誦詩便跟著興起，而且發展得很快，一時之間幾乎全國各地都有朗誦隊伍，而且更有專寫朗誦詩的詩人。像老詩人田間便是朗誦詩的始作俑者，他的詩都是短句，一句一句經過訓練有素的朗誦者的口誦，便像釘子樣鑽進人的心中，非常具煽動性與殺傷力。那個時候大家都怕抽壯丁，一抽上了，就要到前線去打仗。可能一去就回不來。於是很多人就想方法設計逃避兵役。田間就寫了一首詩叫作〈假使我們不去打仗〉：

假使我們不去打仗
敵人用刺刀
殺死了我們

還要用手指著我們骨頭說：

「看，

這是奴隸！」

像這樣節奏短促、蓄滿情緒爆破張力的詩，確實可以激發同仇敵愾、齊一抗日的心理。當時稱詩人田間為「街頭詩人」，更有人稱他為「擂鼓詩人」。他的詩被認為是「詩傳單」，可以普遍散發，深入民間，起廣泛激勵民心士氣的作用。

然而像這樣的詩，當時在一些自認忠於文學、忠於詩所應有格調的人，是不屑一顧的。認為那只是一種情緒的發洩，只有空泛的熱情，而缺詩的實質。像有名的由詩而文的名作家朱自清便一直認為朗誦詩不是詩，語言直桶桶的，全係一些概念的陳述和強調。然而在一次聆聽聞一多朗誦詩人艾青的〈大堰河〉的時候，徹底改變了他對朗誦詩的成見。〈大堰河〉是一首對土地感恩的詩，經過聞一多以火樣的熱情，以及抑揚頓挫的聲音節奏朗誦以後，將昆明西南聯大的晚會會場情緒激發到最高潮，很多人激動得相互流淚擁抱。朱自清在場聽了以後也深受感動，覺得這樣的詩是用聽覺來感受的詩，是詩除了寫成文字之外，還得通過聽覺才完成的詩；這種詩不能讓你回味玄想，而是要透過聲音直接打動心靈，它的效果比閱讀更直接有效。從此朱自清再也不攻擊朗誦詩了。

政府搬遷來臺以後，也帶來了朗誦詩的風氣。當然是為了反共宣傳。已故鍾雷先生的一首朗誦詩〈豆漿車旁〉，便是早年在廣播電臺一播再播的熱門作品。這首詩是用山東土話個人朗誦，內容有著非常濃厚的思鄉情緒和反共熱忱，正適合當時那麼多大陸來臺人士的心情需要。當年時常舉行的戰鬥晚會和各種紀念會，數千人的集會中開場的時候一定是一首朗誦詩。詩是慷慨激昂的，聲音是高亢磁性的，所以很能打動人心，鼓動情緒，轉化氣氛。

但是這種像注入興奮劑一樣的朗誦詩，慢慢隨著時代的進步，以及民智的開發而變得沒落了。再加上兩岸情勢日趨緩和，不再是勢不兩立，很多堅持都不再那麼強烈。那種誇張的，口號標語串成的朗誦詩再也沒有人寫了。電臺電視臺以及各種紀念活動，也幾乎不再以朗誦詩做節目。現在的朗誦詩可說已經還原給詩文學本身，詩人們聚會時會有人出來朗誦自己的作品，校園裡朗誦詩已成為一種課餘活動，或是通識教育中的一小部分。

由於朗誦詩已從傳統的模式中解放出來，因此在朗誦的選材上可以非常開放的大膽選擇，在表現的方法上更可發揮創意。但是不要忘記朗誦詩是要用聲音將詩意傳達出來，聲音一閃而過，如果聽的人不能在那幾秒鐘之內就把詩意反應過來，那跟著而來的下一句更會摸不著頭腦，整首詩也就會不知所云。所以朗誦詩不但要吐字清晰，掌握節奏，最主要的是選的詩要適合朗誦，詞清字順才能達到效果。而過去採用的那些一味陽剛性的詩，叫囂式的朗誦方法和灌輸式的教育方式，已經完全不能適應現在的大環境和新思維，現在的朗誦詩應該從自身周遭的生活上取材，對當前的處境表露關懷和互勉之意，希望透過詩的浸潤將青年人健康活潑的一面表現出來。

過去很多社團和學校在作朗誦詩演出或競賽時，常常苦於找不到合適的詩拿來朗誦，尤其那些過去對朗誦詩毫無認識和經驗的人，更是感到不知應從何處著手。有的便像從前參加戰鬥晚會一樣，不管什麼題材的詩都大吼大叫一番了事。這時便需編選出一系列認為適合朗誦的詩材供需要的人或單位參考選用，另外也提供一些從過去參與朗誦詩製作和擔任評審的心得所獲經驗，供自行選材者參考。

我認為首先要絕對避免選用那些非常新潮前衛的現代或後現代作品。這些詩可能很受肯定，甚或得過大獎，但只適合靜靜的閱讀求解。有些詩句意已遭解構，本即否認有明確的意義和恆定的邏輯結構，上下句之間更無有機關聯，這樣的詩讀起來已會「煞死」好多腦細胞；朗誦的人會念得極不順口，聽的人當然更會一頭霧水。

第二，太多典故的詩，或者用詞太古典的詩，少選來朗誦。詩中用典的最大目的就是要節省文字，使詩含蓄有餘味。但朗誦詩留給人的思考回味的時間少之又少。這些典故或古雅的詞句往往就造成聽覺上的障礙。除非那使用的典故非常通俗；那些古雅的詞句，早已能雅俗共賞。

第三，過去一再選用的名家作品少選慎選。朗誦詩競賽已經行之多年，很多名詩人的作品幾乎每次競賽都會有隊伍朗誦，甚至同一場有好幾個學校都朗誦同一首詩。可以看出選材的缺乏，也可看出守成的不長進。殊不知無論什麼競賽都靠創意取勝，朗誦詩更應花樣翻新，不可炒冷飯。再說名詩人的詩並不見得都適合朗誦，詩人的名氣大並不能為詩朗誦加分。

第四，過去的詩朗誦多半淪為一種傳聲的工具在利用，聲音高亢，氣氛嚴肅，政教目的昭然若揭，詩的靈秀卻蕩然無存。現在已是一個自由開放健康活潑的民主時代，朗誦詩既然仍是詩的一種，只不過是用聲音發表，則詩的藝術本質仍應強調。將詩予以生活化、方言化、生動化、趣味化，甚至嘻哈化、綜藝化都有可能為朗誦詩增加光彩，但詩的比重要能凸顯，不可喧賓奪主。

第五，朗誦者除非是朗誦自己寫的作品，能夠掌握詩中情緒波動和節奏急緩外，如係朗誦詩人所寫的詩，朗誦的個人或團體都應先充分了解朗誦作品的成因及深度，更應掌握創作者賦予該詩的表現意圖和投入的感情係數。如此才能忠實道出該作品的原味，不會走板失真。因此我極力贊成朗誦者自編自寫自己演出，題材取自生活周遭，用自己平日熟悉的語言和動作。過去好多獲大獎者都是以這種別人無法模倣的創意取勝。

曾經來臺參加國際詩歌節的諾貝爾獎詩人沃考特曾對時下的詩說過幾句令人深思的話。他說：「時下詩人不打算寫詩讓人記憶，只寫在書頁上，不打算讓詩離開書頁進入他人的記憶裡。」確實，詩不應只是躺在書頁裡的鉛字，塵封在書架上讓人遺忘。名詩人鄭愁予也曾主張「詩要離開書頁，其藝術性與完整性得先活生生地站起來。」我認為讓詩用聲音發表出來，便是詩離開書頁，將鉛字化身蝴蝶飛入他人記憶的最好方法。因此我們大聲疾呼讓詩飛揚起來。

詩人也要靠行嗎？

兩三年前，當詩壇部分詩人為出入某些詩社而鬧得不太愉快的時候，當時我即思索一個問題，寫詩的人是否也必須像開計程車一樣的靠行。那時計程車的營業牌照尚未普遍開放，個人的計程車必須靠一家公司行號，等於是那家公司的車子，如此才合乎規定，一切稅收保險等才有合理的規劃和保障。我們寫詩的人沒有必具營業牌照的煩惱，照說應該是可以單打獨鬥，自創品牌不必加入任何詩社即可寫出自己的詩的。後來一想，我這樣的想法未免天真，也有點老糊塗，一定有人會說你當年要不是加入詩社，你會有今天的成就嗎？確實在我們那個早年寫出來的詩，找不到地方發表的時代，組織詩社或加入詩社是唯一讓作品被人看到的良方，哪怕加入詩社得掏出自己家裡的菜錢來辦詩刊，也是心甘情願，何況加入詩社有一班志同道合的人在一起，遇到受攻擊還可以號召同志們大家一起上。

可是今天的一切都改變了，詩社已經不那麼重要，詩刊更是可有可無，只要看年輕詩人都不加入詩社，都到網路上去求發展，便可知詩社已經時不我予了。主要的是網路天地無遠弗屆，更是一個不受任何拘束的發表園地，被評鑑、被恭維、被指責也是立即見效。網路詩人也可以在一個網站之下，結合許多詩人，哪怕從未謀面，也不知真名實姓，也自成一個社會，玩得不亦樂乎，哪有時間讓一首詩在平面媒體上等上三五個月才有可能刊出，而且得靠運氣是否碰上一個能夠賞識自己作品的老編。他們認為紙本式的平面詩刊、報紙副刊太沒有時效了，哪裡能夠滿足即可生產大量詩作的青年詩人，因此現在有的老詩社、老詩刊幾乎已成了一間間老人茶室，幾個老詩人自兼老闆和茶博士，自己在那裡服務自己，真可謂慘淡經營。

然而你能說老詩社就真的從此可有可無了嗎？若果從詩的整體發展來看，老詩社就像老字號的刀剪店，仍然有它必須存在的價值，因為它的成就已代表一種火候、一種功力，不管你承不承認，他們走過的漫長歲月已是一種無法抹滅的痕跡，他們旗下的詩人也是一種勢力、一種光環，必要時他們就是這時代或者過去的時代的代表。當有人提到《現代詩》時，必定會想到早已耆老的紀弦、林亨泰，論到《藍星》時，少不了余光中、周夢蝶。《創世紀》被討論時，當年組社的三巨頭洛夫、瘂弦、張默必定上榜。《葡萄園》必定有文曉村，《秋水》則少不了涂靜怡，這些人是這些詩社的圖騰，已是歷史的一部分。

我們絕不能看輕老詩社，管你願意不願意成為他們詩社的一員，他們都一直寂寞的在做著份內之事，而且在毫無外援，而今都被擠到邊緣的情況下，他們還是風風光光的按期出刊。詩刊沒有人買，已是自有詩刊這種出版品以來的一種傳統，但是他們不顧血本的毫無代價的送給人看，也是歷來的作風，我們絕不能看輕老詩社，就憑他們奮鬥數十年不懈的硬頸作風。

但是這也是一個無論那一行都進步神速的時代。詩社注重傳統，守住固有的風格自是必要，針對弱點順應需要加以改革也是使詩社不會老化僵化的應採手段。詩刊係由志同道合的同仁集資創辦，發表同仁作品自是天經地義的事，然而門戶開放、廣納非同仁的作品，使得同仁與同仁之間有所了解、相互競爭，更是同仁詩刊應具的胸襟。臺灣詩壇一直缺乏嚴肅公正的批評，致使詩的方向品質一直得不到健康檢查和疾病診斷，頂多同仁們之間互相吹捧一番，但那絕對無助於詩刊的正常發展。老詩社結集的多半是年長的老詩人，老年人的保守性格看不慣追求新知，對現在的一切e化、電腦化、資訊化視為畏途，聽到網路上也可寫詩、發表詩、甚至也可打筆戰，更是認為匪夷所思。自認對那些虛擬實境的東西永遠無法了解，如此老詩社和新詩人之間的GAP越拉越遠，誤解越來越深，幾乎已成陌路，這從各種詩人集會、新詩人自動來參加的非常少可以看出。新詩學會一直在想方法設計讓年輕的詩人加入成為新血，但收效並不大，從前有林燿德抱怨老詩人踩在他們年輕詩人頭上，壓得他們出不了頭，現在的年輕詩人則採根本不和你們這些老頭玩的態度疏遠老詩人。

《台灣詩學》的出現正是在十二年前的一個詩發展的轉捩點。當時成功連續編了八年的《藍星詩刊》因財力不支停刊，《年度詩選》因虧損屢屢辦不下去。那時網路詩也在萌芽階段，記得白靈寫《一首詩的誕生》，即是我和白靈認為可以利用電腦的龐大記憶體所做出最新最切的意象經營而寫成，於是這本詩刊即是在這種創新求變的情勢下誕生了。建議創刊的人多為學院中的學者詩人，深知詩必須挖深織廣，剖情析采，建立現代詩學的張本，將我們這一代的寫詩經驗留下存證。從一開始即每期設定一專輯，訂定專題，找有關該專題的學者詩人撰文刊出。至於詩創作除創社的同仁必須基本供稿外，也完全門戶開放，好稿必用，同時開闢「新詩教室」、「校園詩展」、「網路詩壇」等等專欄發掘和培植詩的傳人。《台灣詩學》不但建有自己的網站，同仁也多有自己的網址，在網路上展示自己對詩的實力。《台灣詩學》對固有的詩學傳統，固是不遺餘力的維護保持，而對新的潮流、新的發展也是正視面對，同仁無一不是既能納舊、也能迎新，把詩刊當詩學的發遑而經營。自四十一期開始，《台灣詩學》的詩學論文，將請相關主題的研究教授發表論文，除了論文規格須符合學院規定外，並將採外審方式決定採用與否，以如此嚴審方式處理稿件，旨在讓論文得到學術肯定，以符本刊以詩學為定位的基準。

《台灣詩學》是在九〇年代初創發的一份詩刊，創刊雖已十幾年但仍是臺灣詩壇上的新生兒，相較於四、五十年的老詩刊，它的包袱最輕、它的活力最旺，它的同仁陣容最堅強，它的目標最長遠。當然作為一個詩刊，這些優點並不能保證它的優勢，詩刊的最大優勢是能刊出最好的詩，最有學術價值的詩論，最公正最不畏一切強勢一切人情的詩評，這些都是《台灣詩學》目前和未來有待努力的地方。

談詩的「個人話語」

目前的詩相對時下整個環境的困頓，景氣的低迷，應該還算是榮景可期的。詩刊越編越豪華，詩集越出越漂亮，詩人越來越活躍，大概整個文學界只有詩這一類最會興風作浪，常常會有詩的活動出現在報紙版面。在這麼美麗生動的包裝之下，詩在一般人眼中是不會看出任何問題的，詩人們自己也以為現在又是詩的大唐盛世。

然而在這麼多美麗包裝的後面，卻有許多不可告人的困境一直得不到解決，而且越來越嚴重。首先詩的出版物越來越沒有人看，沒有一本詩刊會有兩百個訂戶，詩集出版已是出版社的票房毒藥，全靠詩人自己出資。不要看有好多大型詩活動，其實那是地方政府文化活動的一環，編有預算得按時消化掉，對詩的實質並無任何幫助，更不會提升詩的價值地位。

任何問題的出現絕不會憑空發生，任何困境的形成一定有它最終的原因。詩的問題，詩的困境，當然還是在詩本身；詩本身如果出了問題，任何豪華的包裝、動聽的推銷都沒有用。一直關心華文詩成長的北大教授謝冕曾對現在詩的趨勢說了幾句發人深省的話，他說：「詩的現代變革的最後判斷，應當是詩在人們日常生活中審美觀所佔有的地位，而詩歌體式所應有的音樂性，美感情趣的韻味，正是現代詩歌所缺乏的。我們滿目所見，充耳所聽，全是不見盡頭，而且與人無涉的『個人話語』，時代生活發生了重大的改變，但留在當代詩中的記載卻十分微弱。」

不要以為謝冕教授所說現在的詩全是與人無關的「個人話語」指的是中國大陸，與我們無關；事實上我們現在的詩確實只有詩人自己才看得懂，聽得懂的個人話語。也唯有如此，在現今詩的身分非常不明的情況下，才能成為當代詩人，才能得到文學大獎，才有資格上大報副刊，被某些文學雜誌捧為經典。如果某人寫了大家都看得懂的詩，會被認為那不是詩，不是現代詩，更不是潮流中的後現代作品。可以很感慨的說，這是一個一定要唬得住人的時代，作品寫得越高深莫測越會被認為有學問，越會成為大詩人。

所謂的「個人話語」究竟是怎樣形成的？在從前、在所謂戒嚴時期，言論自由受到極大的壓制，詩人作家不敢把所感所觸忠實寫出來，一寫出來便容易犯忌，但又憋不住想寫，於是曲而言之的寫，把一些想表達的東西藏在密不透風的語言裡，晦澀到連電檢人員也無法破密，認為是一群瘋子在那裡胡言亂語。但別以為這樣的寫法毫無道理，完全是胡謅，事實上他們宣稱這是在實踐現代主義的創新精神；這是在揚起超現實主義的大纛；是在接受西方最新的文學潮流，他們是這股潮流的中國傳人。

然而在現在這麼一個自由開放，百無禁忌的嶄新時代，我們還需要那樣敢怒而不敢言的自我萎縮嗎？不要認為唯寫得高深才是真正藝術，才是真詩，也有「但丁的偉大是由於人家看不懂」的諷刺。我們的李白、杜甫、王維、劉禹錫，西方的佛洛斯特、葉慈都有很多語近情遙，清明有味，絕不會讓人如墜五里霧中的詩。然而現有的潮流是只有那些讓人讀得咬牙切齒的詩才被承認，而且被稱之為傑作。

其實現在的詩落得都是個人話語的情況，除了盲目崇拜那些艱澀的所謂經典之作以外，也和現在詩人的寫作心態有關。所有的詩都應該出自本然的感觸，所謂情動於中發而為詩，絕不能因為某種目的而硬湊一首詩出來。然而現在一首詩動輒好幾萬獎金，得獎以後帶來的名氣，都是巨大的誘惑，於是便為獎而詩了。他們從書本、從電影、從圖畫中獲得一些知識，一知半解的得到一些遠年的信息、傳奇的異聞，然後透過天花亂墜的想像力，去編織他們詩的文本。由於他們的詩的衝動不是來自自己的生活，自己的感觸，自己的經驗，更不是來自撞擊痛苦，所以我們不會從他們拼貼而來的詩行中，引發我們的唏噓、感嘆、流淚、同情，甚至很難推敲出一個比較清晰的頭緒，使人感到不知所措，只覺得自己實在遲鈍，無能也無力和他們的想像一同飛升。記得有一次去一家偏重理工的大學評審文學獎，有一首參獎的長詩使我們這由老中青三代組成的評審委員都不得其門而入，因而未予評分。參獎的同學不服，認為不能由於評審的人不懂就不予評鑑。我們只好請他解釋一下他的詩到底在寫什麼，他告訴我們他是在寫最新發現的幾億年前海底生物，這是從來沒有人寫過的題材。我們聽了苦笑不已，自嘆我們就是一本最新的百科全書也不見得這麼快就修訂進去，詩不是知識的報導，知識也不能直接成為詩，詩是將外在的各種感應化為經驗，作為經營意象時的選取材料。

第二個現在的詩成為「個人話語」的原因是由於所謂去中心論的關係，詩人寫詩沒有一個標的，好像都在造句，造完一句再造一句，每一句都要語不驚人死不休的效果。然後把這些句子編起來成為一首詩，往往前言不搭後語。我現在舉出最近看到的一首參獎詩中的幾句：

以為行囊裡該供著一只打火石
適合削尖的鞋履與粗礫的地面
持續鑽磨有關進行曲式的奧義

這三句詩的每一句意思都各自獨立，上下毫無關聯。行囊裡為什麼該供著一只打火石？什麼東西適合削尖的鞋履與粗礫的地面？什麼是進行曲的奧義？一連串無法索解，令人茫然。還有兩句：

旅行至北方只需備妥腳掌上的厚繭
以利在寒冷的雪地拔出

像這樣無法讓人聯想出道理來的詩句，幾乎已成為現在一部分前衛詩人的時髦，這樣的詩唯一言之成理的就是非常切合後現代狀況的解構理念，該理念首先要去掉的就是中心思想，否定有明確的意義和明顯的邏輯結構，這幾句引出來的詩就正合乎這樣的要求，這樣的詩不落入「個人話語」的指責也難。

第三個現有的詩會成為「個人話語」的原因，是詩人們欲推翻文字寫成的詩轉化成另一種媒介形式的詩創作，也就是所謂「詩的跨界表現」，或者「超文本寫作」。這種被傳統保守的詩人認為是在作「反詩」或「詩的破壞」活動的詩，是把固有的文字表意媒材，讓一大堆生活現成物來取代，意思是要利用這些混成性，後設性，互動性，不確定性的媒材，組合出各創作者心目中想像的詩、或得到詩的感受。這種意圖推翻含蓄的文字表意，欲透過視覺從別的媒材上立即讀出詩來的創意，我們其實早就多次嘗試過了，六〇年代以文字為積木的圖象詩，七〇年代的視覺詩，八〇年代詩的聲光，以及去年（二〇〇二）臺北詩歌節的「方塊字化裝舞會——讀詩的九十九種方法」，無不是想作超文本的詩突破。

結果如何呢？各種嘗試和創新都超越不了文字的既有魅力，詩的樂趣還是要從文字中去體會，那些轟動一時的新創意，常常跨界去提升了其他藝術的表演效果，卻走失了詩。確實詩不能只是躺在書頁裡的鉛字，東郭子問莊子所謂的「道」應在哪裡，莊子說道無所不在，螻蟻身上，稊稗裡，磚瓦裡，屎尿裡；詩何嘗不是如此，但肯尋詩便有詩，問題是如何把詩確切地從那些無所不在的東西中表現出來，且不再靠文字的幫襯，否則仍將成為與人無關的個人話語。

另外一個值得重視的問題是詩在網路上出現的品質問題。網路確實是一個廣大無邊的充滿活力的大千世界，也是一個現代詩人可以大展一己所長的地方。幾乎是隨寫隨發表，隨即被人品評，過癮之至。然而也由於發表太容易，未經過篩選，所以品質幾乎難以控制。而詩的存活率也極低，即使有好作品也容易被淹沒，《台灣詩學》為了想改變一下這種氾濫成災的情況，自二〇〇三年下半年開始開闢網路投稿區，即所有欲發表的詩須先經投稿區的幾度嚴格把關篩選，半年內投來網路版近兩千首作品，最後僅只有二十首左右以精選作品出現，好像比文學獎的中獎率還難。照說經過這樣一再嚴格淘汰出來的作品，呈現的應該是最好的作品，但是所得反應仍是叫好聲少，不滿聲多，可見詩已浪漫到完全失準。所有的詩均尚在實驗的過程中跌跌撞撞，都還沒有摸索出自己的方向，當然，這都是詩在去掉「腳鐐手銬」，得到完全自由後的常見現象。然而現代主義大師艾略特雖然寫過人人都又敬又畏，又不敢隨便說不懂的偉大傑作〈荒原〉，卻也說過「沒有詩是真正自由的」，可能我們今天的失準正是太過自由的關係，自由到盡是與人無關的「個人話語」。

詩的奮鬥

一、生活經驗是詩的礦源

我的老家有一句觀人的歇後語，「人看跡小，馬看蹄爪」，意思是人有沒有出息，從他自小的一舉一動都可以預判得出來。這句話應驗得最靈的就是毛澤東。從毛澤東在十七歲時寫的一首〈詠蛙〉詩的口氣中，就可看出他後來成為一代梟雄。不是沒有預警。詩曰：

獨坐池塘如虎踞
綠楊樹下養精神
春來我不先開口
哪個蟲兒敢作聲

我從小就非常沒有出息、懦弱、愛哭，加之體弱多病，不但從來沒有像毛澤東樣龍盤虎踞之志，還老被罵為「百步大王」，意思是離家百步之外，便會沒有主張。因此小時候，家裡在祖父主政的威權之下，我的前程是安排去讀幾年舊書，曉得記帳打算盤，然後跟著長輩當學徒做生意。我家有三處大生意：祖父是打剪刀出身，後來開了一家全省最大的剪刀供銷店；父親經營的是南貨海味號，供應全省城各大會館每日的南貨海味；五叔與人合夥的是綢布莊。可惜的是抗戰爆發，日本人打來了，我們政府實行焦土政策以迎敵，全城一把大火，我家的三家生意，一夜之間，燒得精光。我一樣也沒學成，便全家被迫逃到鄉下種田。我則安排到一家低矮霉味的老私塾去讀舊書，也多虧那位老秀才的戒尺逼得我生吞活剝了些經典文章，誰知道成了我以後這一生從事文學的最墊底營養。

記憶中，我們家唯一與新文明扯得上一丁點邊的有兩件事。一是一位遠房又遠房當新聞記者的堂哥，那時候能當上無冕王可真是了不起的榮耀，可是大家似乎又敬鬼神而遠之。至少我那保守頑固而又權傾全大家族的老祖父是嗤之以鼻的，另外一位是我那畢業於上海美專的紈袴子弟姑丈。他能寫、能畫、還會票戲，我而今能唱兩句二簧西皮，都是去看姑姑時聽他們家的話匣子而偷學來的。早些年我還會用水墨畫一樹橫斜的枯梅，也是在看姑丈揮筆時的心領神會。反正三〇年代頹廢文人那一套他都在行，當然還包括討小老婆。但是我之能接觸到新文學全拜我這位姑丈所賜。戰火威脅到他那城郊的小洋房時，他把幾十箱書和畫全搬到鄉下我們那老屋。他開始亡命在外，我成了那些書的新主人，除了私塾要背的《古文觀止》、「四書五經」，我總是爬上閣樓去和魯迅、巴金、曹禺、張天翼等人的作品會面。我從魯迅的小說裡知道用饅頭去醮剛殺過的人頭的鮮血可以治肺癆病，我也從曹禺的劇本《原野》學會了唱「初一十五廟門開，牛頭馬面兩邊排」這些北方小調。我總認為我就是巴金「激流三部曲」中那個封建大家庭中的覺民，因為我們那個大家庭都從城裡撤到鄉下後，兄弟間、祖輩間也開始不和，鬧分家，那些書給我這本來閉塞的小心靈許多從來聞所未聞的資訊，從此埋下了我今生投入新文學的火種。

後來我也被戰火追趕得亡命在外了。十四歲不到，初中二年級才上了一半便連夜從學校突圍，跟著幾個年長的高中同學，身無分文從大後方流浪，從西南的瘴疫之地到西北的貧瘠高原，從塞外到海島，從禦外侮到打內戰，從包抄圍剿到海上突擊，從打擺子到碾斷腿，幾乎無役不與，無一苦難我不親臨。這便是我打從十四歲被迫離家後直到二十歲登上這個島之前，輝煌豐富的一段歲月。雖然一路只有硝煙和苦難以及驚險，沒有書本、沒有詩，但生活本身即是一首最真切壯烈的詩，都存入在我腦內的資料庫裡，我把這些常人求之不得的生活經驗作為我詩的礦源，開始走我自己的路，寫我自己堅持的詩，讓我的詩深入現代生活的本質。

早年我隨軍來到這個島上後，孤零零的一人，又窮又沒讀過什麼書，不要說是老遠的前程，就是明天會怎麼樣也是茫然。我有一首詩叫做〈今天的故事〉即是描寫那個時候像我這種年輕人的精神情狀的，我將這首詩的前四段錄在這裡，可以看出我們當時的苦悶：

常常被搜捕
常常被壓以一巨夜的重量
而常常與日神一同越獄
有那麼一種精靈

有那麼一種精靈
總愛在哭夠了的黃昏，去找涅槃
或是去數拿撤勒人的鬍子
總愛在垃圾堆裡去開發邏輯
而讓表妹的裙子失火
然後去欣賞欣賞者的笑
有時他也死一個上午
而把下午捐給獵人

有那麼一種精靈
他慣於把樹，根植在自身裡
讓花開在別人的笑靨上
而讓果實去甜美別一個人的心
時常他與靈魂那頑固嘔氣

結果老是在半夜被揍得半死
而在豆漿與饅頭間
絕食一個早晨

有那麼一種精靈
當許多人避風於帝國大廈
當許多人湧向巴黎，去叩蒙馬特區的風光
當許多的靈魂吸進了色斯風的長頸裡
當許多軀殼壓注在多變的點子上
當沒有人記起黃帝、沒有人發現東方失蹤
而有那麼一種精靈
痛哭國籍，痛哭母親

寫這首詩是我正式踏入詩的這塊領地後的第五年。那時詩壇的爭霸戰正方興未艾，不加入現代便被視為保守的界限輪廓分明，而我這個讀書不多，而且好多書均已被禁的半「詩盲」，委實不知道波特萊爾是何方神聖，更不知道為什麼詩中的知性含量不達百分之六十的比重，便不能稱之為詩。我冒大不韙的婉拒成為現代派的一員。而跟著領我進入詩壇禁地的老師覃子豪先生留在藍星詩社的陣容。「藍星」是由渡海來臺的前輩詩人覃子豪、鍾鼎文，以及當時的青壯詩人鄧禹平、余光中、夏菁等人發起組成，與稍早成立的由紀弦先生帶領的「現代詩社」形成對峙。現代詩社成立現代派，提出六大主張，一夜之間號召了一百二十多位年輕詩人納入其麾下。而「藍星」則既未成為派別，也無任何號召主張，唯一的好處是在當時的《公論報》副刊獲一每週一次的版面，稱之為《藍星週刊》。從此凡能在這份週刊上發表作品的便是「藍星」的一員，既不用填申請表，也無需繳會費，完全以作品來當身分證明，這種所謂的「柔性」詩社自能更吸引詩人參與。但因「藍星」由於從不設限，來去自如，也從來沒有什麼班底或培植什麼接班人的打算或計畫。所以它的人氣始終是不旺的，它也不曾像其他詩社那樣拿出什麼能代表詩社的集體成就來。因此外面對「藍星」的評語是「個人成就」大於詩社成就。對於這樣的評語，就我個人在「藍星」近五十年的經驗和體會，我不認為這對「藍星」全體成員有損，反而應該是一種讚美，我認為藍星詩社的成員是當之無愧的。

藍星的詩人評為「個人成就」大於詩社成就另有更重要的成因，我認為藍星的成員雖然不以現代相標榜，但幾位主要同仁卻對外國詩家各有心儀，像余光中之對葉慈、佛洛斯特，夏菁一直深愛西方古典，作品每有狄金森、佛洛斯特的嚴謹風味。覃子豪之鍾情法國象徵主義，後期的作品如〈畫廊〉等詩便深具象徵意味，讀之令人總覺幽深纖廣，另外黃用之喜愛超現實主義，吳望堯之有惡魔主義傾向，都可獨自成為一家，令人激賞。其他同仁亦莫不具有溫和的現代主義傾向，是以在新詩論戰時反而能站在維護現代主義部分立場的一邊仗義執言，所向無敵。藍星詩社的另一特色是大家都共守中國詩歌一向保持的抒情傳統，認為過分強調知性入詩只會使詩更枯燥乏味。藍星同仁間似乎一直有一共同默契，即是大家絕不相互推舉吹捧，必須自己努力完成自己，方是英雄。以我這麼一個先天既不足，後天又失調的詩的追求者言，處在這麼一個強勢的環境中，我要做出一點個人成就是非常辛苦吃力的。然而我真要感謝藍星這個富挑戰性的環境，它只有使我愈戰愈勇，愈加促使我更加努力，縱然不能有突出的個人成就，至少能和他們站在同一等高線上，我現在也已變成藍星詩社的耆老之一，我已在藍星的光環下共度了五十年。曾經數度主編藍星的各時期詩刊，有三本詩集是在藍星詩社的名下出版，我從不奢言我對藍星有什麼貢獻，但我始終以藍星為榮。

二、詩生命的第二度挑戰

一九九二年我和中生代詩人共辦《台灣詩學》是我詩生命的第二度挑戰，因為我大膽的誤入由學院為班底的詩人及詩評家陣營，他們個個都是國內外的文學博士，而只有我一人是行伍丘八出身，且年齡高得可以當他們的父親，甚至祖父，我是有點自不量力的。這個詩刊成立的構想是在發行八年的九歌版《藍星詩刊》和爾雅經營十年的《年度詩選》因不堪虧累而結束後，刺激這些中生代的精英而發起的。因這兩本重要詩的出版物的終結，詩壇及文學界興起一片詩亡之嘆。由於這兩本出版物都是在我手上結束，他們乃要我加入他們的陣營重起爐灶，為危亡的臺灣詩學貢獻一點心力。我當時實像剛從戰場退下來的一個殘兵幾已無力再披甲上陣，加之每人十萬臺幣的辦刊分攤，我也籌湊不出，他們竟體諒我的苦衷，只要我擔任一年期的社長，並同意我分期付款繳交會費。我沒有理由再婉拒他們的盛情，乃決定鼓起餘勇和他們齊一陣線打拚。我除了每期定時供給詩稿外，並在每期的專題撰寫評論，由於火力強、不留情，創刊號的一篇評論大陸的臺灣詩學〈不朦朧，也朦朧〉便將大陸的那位專研臺港詩的權威評論得體無完膚，至今仍在到處挑釁，《台灣詩學》已在四十期後的二〇〇三年初改版成為《台灣詩學學刊》，並增加網路版，改為半年出版一期，所有投來的評論文字，必須按照學術論文的規格，並經三次外審通過始能發表，因此這本刊物已經不是一般傳統的詩刊，專門發表詩創作，而是一份學術性詩刊，發表的論文將可獲得學術承認，就我這麼一個純詩創作者而言，無疑又是一種必須尋求適應的新挑戰，好在我從來不畏懼各種考驗，只要認真投入，便也有發揮的機會。十幾年的《台灣詩學》我每期必定有詩有文發表，在所有的八位原始同仁中，我這老朽竟成了發表率最高的一位。因此外面對我的評語不是「向晚愈明」便是「大器晚成」，可見我在晚成之前那段歲月，確實是尚不「成器」。

由於大器晚成的盛名，我頻頻被邀請去講詩，去當文學獎的評審或詩會論文講評，更意外的是南部《西子灣副刊》邀請我去開「新詩一百問」的專欄，和葉石濤先生的「小說一百問」及彭瑞金先生的「評論一百問」成鼎足之勢。接下這個任務之後，我才知道外界，尤其從事教現代詩的老師和一些對詩有興趣的學生及年輕人對詩的基本認知非常欠缺，誤解也多，難怪現代詩是這麼不受人的喜愛，當時我最急切的便是把問題找出來，然後每週一問在專欄作答。利用演講或座談的機會及以激勵和獎勵的方式，找來一大堆很多人想問又不敢問的問題，使我順利在兩年之內完成新詩一百問，並隨即由出版社搶先出書，受到意想不到的歡迎。連在大學教現代文學中新詩這門課的教授也認為這種深入淺出的談詩方法，不是枯燥的學術論著所能達致，我被很多學校的國文老師請去演講過，他們都認為這種解問的方式對他們教學最受用。

我這種將我這幾十年來寫詩讀詩所得經驗與心得形諸紙上，獲得良好反應以後，很多人認為我應繼續寫下去。事實上詩的學問浩瀚無邊，絕不是那一百問的解答所能概括，於是我乃以詩話與隨筆的方式，漫談詩的種種切切。我認為詩是不能教的，詩者思也，誰能教誰怎麼思想？李白、杜甫、王維、孟浩然的詩能夠永久流傳都不是靠師承，誰也沒有那種本領教出一個大詩人來，而是靠天賦的自我發掘，和後天的體會苦練。王維論畫時有兩句箴言：「妙悟者不在多言，善學者還從規矩」，寫詩者亦何嘗不是如此。我只能把我讀過或別人難以讀到的詩，或詩的觀點發掘介紹出來，以擴大我們對詩了解認識的眼界，譬如知名的存在主義小說家卡夫卡（Kafka, 1883–1924），我們只知他的小說《變形記》、《審判》等為曠世的名著，卻不知他對詩的認知更是獨到精闢，他對當年流行的

「表現主義」的詩指責為語文的破壞者。而且他把法國超現實主義先驅阿波里乃爾（Apollinaire, 1880–1918）批評為「耍把戲的人，為讀者變出娛人的把戲」，主要是阿波里乃爾提倡「圖畫詩」，卡夫卡不喜歡一個匠氣十足的詩人，他反對一切彫琢技巧。我是在讀一本《卡夫卡的故事》中發現的，乃寫了一篇〈只緣身在此山中〉以凸顯詩人要走出詩之外抽身到高處，鳥瞰別人對詩的看法，這樣的隨筆式的論詩文章、我已經集成了四本書，分別是《客子光陰詩卷裡》、《走在詩國邊緣》、《窺詩手記》和《詩來詩往》。現在仍在寫的一個專欄「詩探索」也是我廣泛閱讀所獲知的一些成果。

我曾在「窺詩手記」專欄中寫過一篇短文〈一首詩主義〉，是因九十高齡的詩壇前輩鍾鼎文老師所說的一句話有感而發的，鍾老師一次在詩人聚會的場合很平靜的對大家說：

「我們要寫一首比我們生命稍長的詩。」

耆老的鍾先生說這句話可說非常低調，要求也不高，而且幾乎是只要努力便可達致，會比要超越什麼大家來得容易。我一直把這句極素樸的勉勵奉為圭臬，常有人在談到自己的文學成就時，誇稱自己出了幾十部書、幾千幾百首詩，把自己的成績像生產線上的產品樣完全量化。但讀者對他的作品卻印象模糊，沒有一首詩會被人記得起，甚至完全不認識。因此一個詩人若能有一首能經久耐看的詩流傳被人記起，便可不辜負詩人這一尊貴的頭銜了。因此我一直不敢宣稱自己有任何文學成就。甚至當有人問起我那一本詩集自認最滿意，要我選出自己認為最好的一首詩時，我都會說我要再努力才能把我最好的作品寫出來。雖然我現已出版十本詩集，尚有自一九九四年以後已發表尚未結集的詩作近百首，這些形同我的兒女樣的詩作，當然我極為珍愛。但是否能博得別人的歡心，或不為時間所遺忘，則純靠詩自身的表現。羅蘭巴特(Roland Barthes, 1915–1980)說：「作品完成後，作者即已不存在。」他的真意是作品完成後解釋權已交出來，要殺要砍作者已幫不上救助的忙。我希望我的作品自行去經歷考驗。

身在詩的這一行當幾近半世紀，當然會有很多心得和體驗。我在五十歲時，曾在那年的母親節寫了一首詩〈懷念媽媽〉，收在我的第五本詩集《水的回想》裡。這本詩集裡的詩多半都曾被人品頭論足過，有的甚至收入到一些詩選集裡去，只有這首詩直到十三年後的一九九八年的母親節才入選到了一本名為《親情無價》的選集中。這首詩寫得非常淺白，在一些醉心語不驚人死不休的現代或後現代的詩人眼中，我這首淺白暢達的詩是不夠味的，甚或遭到否定。但很意外的是卻在《親情無價》的序言中，被名詩人瘂弦先生分析出「此詩乍看全係家常話的白描，但細加體會，會發現它的內蘊豐富，形象飽滿，令人興趣盎然，玩味無窮。」瘂弦這幾句評語無形中非常諳合我一向寫詩所追求的「在溫和的後面表達剛健，在平淡的後面有一種執著」的宗旨。尤其像寫懷念母親這樣的詩，我認為絕對要用非常通俗，卻又極富深情的語言，否則我那不識字的母親哪裡聽得懂？一些平凡的天下母親和兒女們哪能從這首詩得到啟示？如果我用的是現代或後現代那種艱深的語法。

臺灣的詩壇一直因語言使用的深淺問題形成一種對立的局面，雖非明火執杖但詩刊與詩刊之間心裡互相蔑視卻是不爭的事實。因而引起我們必須去重視的癥結是，在這樣分割的局面下，用現代主義承續的高深語言，用意象堆砌出來使人不得其門而入的詩，就真正是詩壇的優勢，就足以代表詩藝的高峰？同樣的，用淺白的抒情語言寫出來的詩，就一定會為大眾所喜愛，或足以代表當下詩所應具的本性？顯然，兩方所問得的答案，恐怕都是「倒也未必」為最公允。英國大詩人艾略特的名作〈荒原〉，算是意象最為繁複，結構極為龐雜的巨著了，但是這首複雜多端的詩多少年來也一直是被人爭論的詩。美國有位詩人兼批評家溫德斯即曾認為〈荒原〉是以混亂的形式來模倣混亂的時代，艾略特不能以形式來控制詩的材料，反而讓詩的形式屈服於詩的材料，可見這種讓詩背負得這麼沉重的高深語言，仍不足以代表詩藝的高峰。

再說到詩的語言明朗抒情是否就足以取悅所有的人？最近這幾年來寫長詩的風氣很盛，這些動不動就數千行的長詩，或歌頌，或讚美，或憤慨，論語言的健康明朗，情感充沛恐怕只有無懈可擊可以形容。然而這樣的詩是否就會萬人爭讀，而且不忍釋手呢？答案仍是倒也未必。有人就說這哪裡是幾千行長詩？明明是幾千行馬屁，沒有一行是詩。這種所謂的長詩全係散文的敘述手法，完全背離詩應凝鍊含蓄的基本要求。難怪即使明白曉暢如頌歌的長詩仍不被認為是大家所要的詩了。

三、環迴曲折，抑明白曉暢

詩是否應該環迴曲折，還是明白曉暢，自古以來即爭論不休，但是儘管爭爭吵吵了幾十個世紀，能傳留下來的詩絕對不是偏於哪一方的獲勝，而是不管使用什麼語言寫的詩，讀起來的時候「但細加體會，會發現它的內蘊豐富，形象飽滿，令人興趣盎然，玩味無窮。」瘂弦那幾句勉勵我的話，應該放乎任何詩的語言表現方式而皆準。條條大路通羅馬，通過各種語言都能找到詩，實在不必自認走的是陽關道，別人必定走向死胡同。李白的〈清平調〉自是環迴曲折、綺麗繁複、意味無窮。但是他的那些大白話的〈靜夜思〉、〈山中問答〉、〈早發白帝城〉即使再過幾千年，仍會令人念念難忘。我對當今這種對立局面所看到的現象是，主張用高深語言，繁複驚人意象寫詩者，他們認為是詩求新求變求創意的必要手段，也是詩創出新局面的必經過程。他們是詩的探險家。而主張用淺白抒情語言者，則是自認詩應不脫離社會大眾，不走向晦澀難懂，詩不會誤走偏鋒，而採取的一種穩當作法。由於不想因變異而落為怪異，所以實驗精神闕如，常被人誤為保守。由於雙方抱負不同，因而也就表現各異，不能說誰是誰非，但對詩走向美好的追求應是一致的，一切都待時間來沉澱。

詩者，思也。老詩人冰心女士曾稱她寫的小詩，不過是些「零碎思想」至為允當，面對現在詩的呈現多元化、綜藝化，跨界表現，使人懷疑究竟什麼才算是詩的本尊，可能各個詩人會有各個詩人的解釋。在莫可如何的情形下，我認為一首詩其實是由兩部分結合而成，一是由感性而生的「詩意」，一是由理性而構思的「詩藝」，詩意如果能夠透過高超的詩藝充分表達出來，便可成為一首好詩，詩意是來自詩人生命核心，也就是詩人遇到某種情境或刺激的一種反應，而產生出一種表達的衝動。然而詩意並不等於詩，任何人看這世界有時都會感到有詩意，但詩並不是任何人都寫得出來，只有懂得詩的表現藝術的人才可寫得出詩，而詩藝的涵養靠詩人對萬物觀察的深入敏銳和悟性。袁子才說：「但肯尋詩便有詩，靈犀一點是吾師，夕陽芳草無情物，解用都為絕妙詞。」可見詩是都有的，就看會不會「解用」，解用即是詩藝是否精通。

現在我分析一首我的詩作，這首詩的題目叫〈第一次吃到自己手抓的魚〉，題目有點怪怪的，但很有趣。看完我的分析之後，你會更認識我們捕詩難於捕魚。我為這首詩的分析定題為「一首詩的完成」。

有天夜裡天氣悶熱，在床上翻來覆去睡不著覺，腦子裡不免胡思亂想，突然不知從哪裡冒出來這樣一句：

「第一次吃到自己手抓的魚」

這真是不可思議的一件事，我很怕水，至今是個旱鴨子。而魚在水中優游自得，穿梭來去，其快無比，想用手去抓倒是很難的一件事。除非是條死魚，或者逼得走投無路的魚。而今我卻把魚抓到了，而且煮來吃掉，我怎麼會有這種念頭，真是不可想像。但是突來的一句，我覺得是發展成詩的很好引子。我知道這就是靈感，靈感稍縱即逝，如果不馬上逮住，很可能就跑掉一首好詩。然而怎麼發展呢？一時也想不起來，我趕快寫下來丟在桌上。

第二天我照常看書讀詩。我讀《卡夫卡的故事》，那裡面居然談了很多詩、很多詩人。我又看了一些其他詩人的作品和對他們的評論，終於我發現可以把那個句子這樣的接下去：

「這才發現
活著真辛苦，捕詩難於捕魚」
照說詩人這個行業幹這麼久了，寫詩應該是駕輕就熟的，寫不出來頂多守株待兔，等它一等，說不定等到快忘記時，突然會冒出精采的幾句來，無論如何應該比抓魚容易。然而根據很多詩人的經驗，以及自己的體會，寫詩實在比捕魚難得多，於是我接著寫下聶魯達 (Poblo Neruda, 1904–1973) 的心聲：

「聶魯達寫了一輩子的詩
最後卻說：
我是寫詩很久以後
才知道我寫的是詩」

聶魯達是拉丁美洲智利獲諾貝爾文學獎的大詩人。他十九歲就出詩集《霞光之書》，到他六十九歲病逝共寫了卌四本詩集。說他一輩子都奉獻給了詩，絕不誇張，可是到臨死前他卻說「我是寫詩很久以後/才知道我寫的是詩」，這句簡單的話道出了寫詩者多少的辛苦。那在「很久以前」那段歲月豈不都是白費？然而任何一個成功的詩人都是要經過那段看來「白費」的過程，最後才能寫出幾行實實在在的詩。

寫完聶魯達認為的得詩不易，我又想到我國一位大詩人卞之琳所道出的寫詩心得，也有相似的心境。於是我又說：

「卞之琳寫到後來也說：
我寫的詩中
找不到一個詩字」

卞之琳是三〇年代後期出道的老詩人。他上承「新月」曾受徐志摩、聞一多的影響。中出「現代」，他在艾略特作品啟迪下，活用艾氏的「客觀聯繫法」及蒙太奇手法，以及法國詩人瓦雷里(Paul Valery, 1871–1945)的詩體和韻式，寫出他現代主義風格的詩。下啟「九葉」詩派如穆旦、杜運燮、鄭敏、王辛笛等具現代主義色彩的後輩，這些人都曾深受卞氏思想藝術內在血脈的提攜。

卞之琳的第一本詩集《三秋草》是他的老師沈從文贊助出版的。後來又出版了《魚目集》、《漢園集》、《西窗集》、《音塵集》、《十年詩草》等等。而且他還譯了莎士比亞的

《哈姆雷特》、《英國詩選》、《雪萊傳》等，都譯得像詩一樣美好。可是到老年時卻突然感慨的說「我寫的詩中，找不到一個詩字」。這句話可以說是卞老的自謙或自省，意思是我雖然寫了一輩子的詩，但離詩還是很遙遠，和聶魯達的感慨差不多。不管中外這兩位老詩人怎麼說，不過都是在說詩之難，他們追求了一生，還沒挨到邊。下面的詩我要怎樣接下去呢？想了一想，我必須要呼應到前面捕魚這個意念上去，否則這三段詩都在各說各話，我必須把它們牽扯在一起，於是我寫下：

「他們都很謙虛，卻也不智
不知道魚有時也會睡覺
也會老邁昏庸
而詩總是滑溜得
勝過任何一條魚」

我在這裡將寫詩和抓魚作了一個比較。我說這些寫了一輩子詩的人包括我自己雖然自謙詩還不到火候，卻不知道魚雖然很靈活，在水中常常見首不見尾，但魚有時也會疲倦，也會老得行動不便，所以才被人逮個正著。但是詩可不是，詩是不會老的，不會累的，詩永遠年輕，行動快捷。我在回應第一段的感慨「捕詩難於捕魚」。

詩寫到這裡好像已經差不多了，又好像還有話可說、卻又不知要如何接下去，我又把這寫好的幾行擱下來，等機會再續貂。第二天是週末，孩子們將帶孫子孫女回來，妻要我趁晨運回來之便到魚市場去買幾條魚。魚市的老闆介紹這是近海的，那是遠洋的；有養殖的，還有釣上來的，滿坑滿谷好多倒楣的魚都遠離水澤等著來供養我們的腸胃，可見魚再滑溜也是沒有用的。於是回來之後，我便寫下：

「難怪，魚市總是不會缺魚
而書肆
遍尋找不到詩」

除了公休日，我們幾曾見過魚市場會買不到魚？而詩，是出版商、書店的票房毒藥，滿坑滿谷，堆積如山的書店裡是找不到幾本詩的出版物的，要有也插在最不起眼的角落，滿面落塵。我用市場經濟法則來證實寫詩之難。

一首詩就是這樣完成了。我用第一句「第一次吃到自己手抓的魚」作題目。這樣口白的怪題，看來沒有什麼學問，我只是讓人因好奇而了解到寫詩是不輕鬆的，難於用手去河海裡撈一條活魚來吃。

延伸閱讀

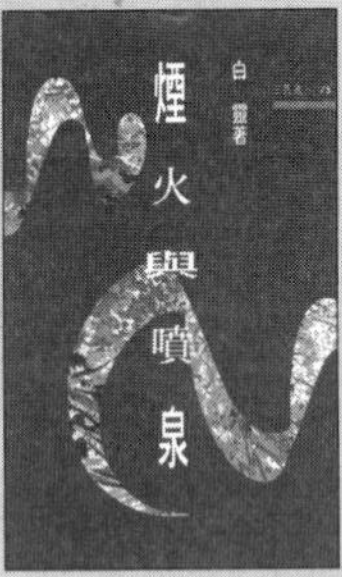

75 煙火與噴泉　白靈 著

新詩的發展呈現出許多不同的風貌，如何延展它的生命內涵，是一項極為重要的課題。本書以各種角度，分析新詩的過去與現在，並對未來指出一條可行之路。

104 新詩補給站　渡也 著

以淺易有趣、實際有效的方法，教導讀者學習寫詩；將新詩運用於廣告上，值得關注和提倡。另有新詩的鑑賞、批評，及作者寫詩動機、詩路歷程及詩觀。

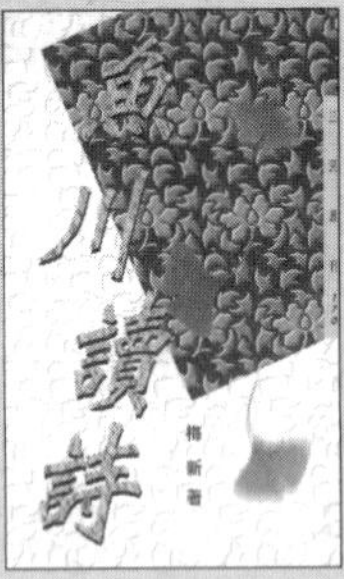

170 魚川讀詩　梅新 著

身為詩人、編者兼文學愛好者，《魚川讀詩》藉著不鬆不緊、從容不迫的談論，從多角度的觀察，引領更多讀者產生對新詩閱讀的興趣，刺激詩壇煥發出另一番美景。

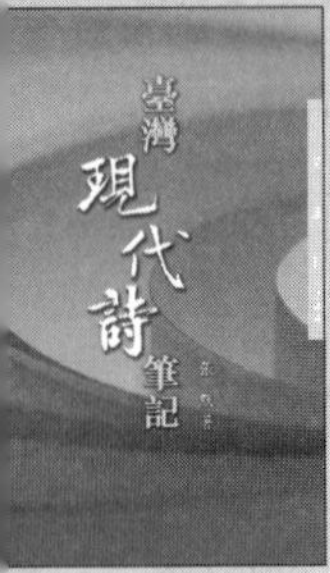

260 臺灣現代詩筆記　張默 著

詩者，思也。詩之筆記，討論的是與詩有關的思想，記述的是與詩伴生的思緒。作者為當代臺灣詩壇巨擘，本書詳實的史料與中肯的析論，是研究臺灣現代詩者不可或缺的參考。

國家圖書館出版品預行編目資料

我為詩狂／向明著.－－初版一刷.－－臺北市：三民，2005

面；　公分.－－(三民叢刊:296)

ISBN 957-14-4075-2　(平裝)

1. 詩－評論

812.18　　93012729

網路書店位址　http://www.sanmin.com.tw

© 我　為　詩　狂

著作人　向　明

發行人　劉振強

著作財產權人　三民書局股份有限公司
臺北市復興北路386號

發行所　三民書局股份有限公司
地址／臺北市復興北路386號
電話／(02)25006600
郵撥／0009998-5

印刷所　三民書局股份有限公司

門市部　復北店／臺北市復興北路386號
重南店／臺北市重慶南路一段61號

初版一刷　2005年1月

編　號　S 811250

基本定價　參　元

行政院新聞局登記證局版臺業字第○二○○號

ISBN　957-14-4075-2　(平裝)

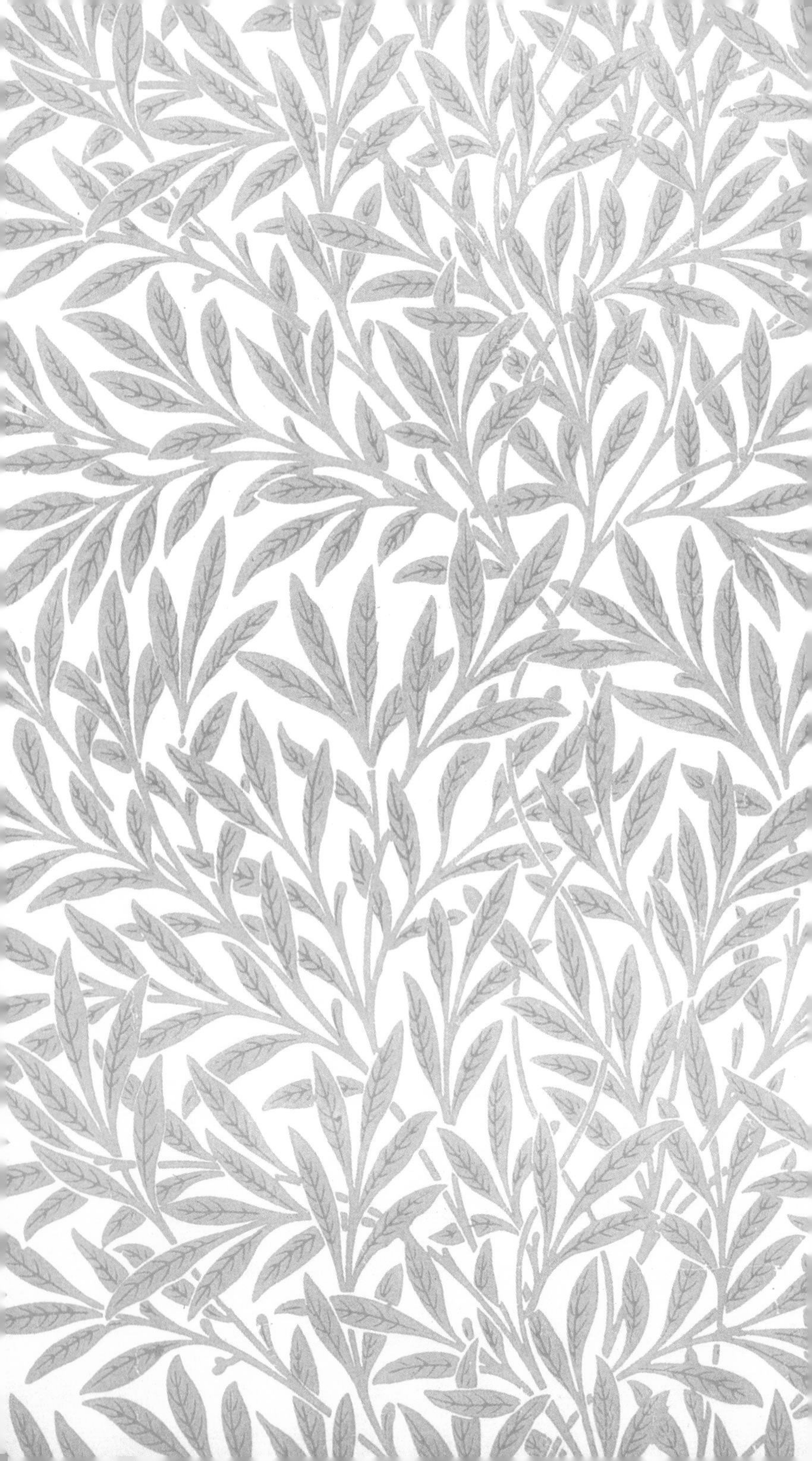

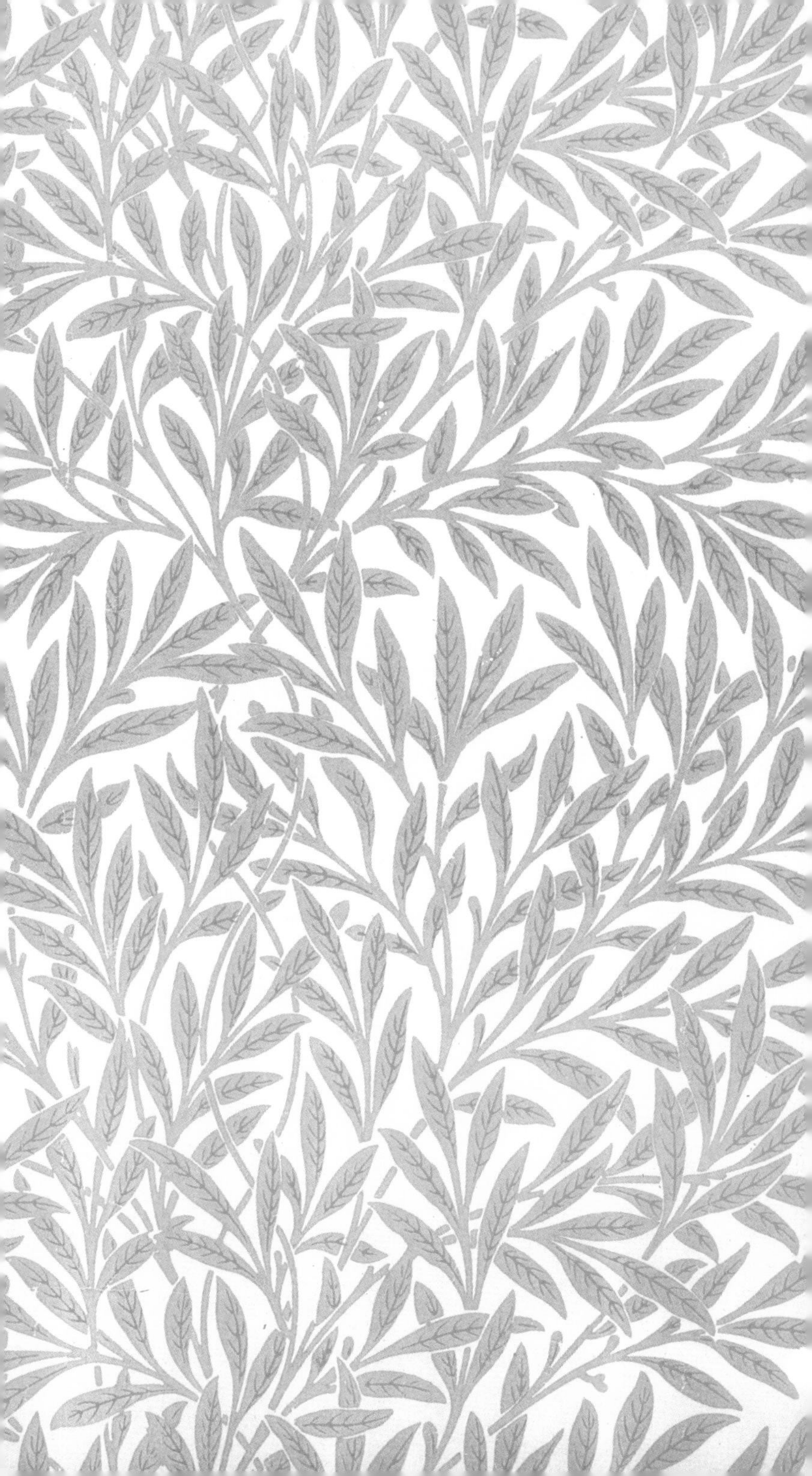